人生

姜　方／著

团结出版社

图书在版编目（CIP）数据

人生／姜方著. -- 北京：团结出版社，2024. 3
ISBN 978-7-5234-0827-8

Ⅰ. ①人… Ⅱ. ①姜… Ⅲ. ①诗集-中国-当代
Ⅳ. ①I227

中国国家版本馆 CIP 数据核字（2024）第 039666 号

出　　　版：团结出版社
　　　　　　（北京市东城区东皇城根南街 84 号　邮编：100006）
电　　　话：（010）65228880　65244790（出版社）
网　　　址：http://www. tjpress. com
E － mail：zb65244790@ vip. 163. com
经　　　销：全国新华书店
印　　　装：四川科德彩色数码科技有限公司

开　　　本：145mm×210mm　　32 开
印　　　张：8
字　　　数：101 千字
版　　　次：2024 年 8 月　第 1 版
印　　　次：2024 年 8 月　第 1 次印刷

书　　　号：ISBN 978-7-5234-0827-8
定　　　价：58. 00 元

目 录

CONTENTS

● ● ● ● 人生

人生

人生

人生

菊

曾经误我是蓬蒿，百卉凋零着锦袍。
寒蕊蒙霜香溢远，不随桃李羡春涛。

人生匆匆

似水光阴不可留，春风夏雨到霜秋。
人生坎坷崎岖路，命运沉浮跌宕舟。
愿做门前长尾犬，甘为套上老黄牛。
平时吃尽辛酸苦，只叹豪情总未酬。

人生感悟

雪埋梅骨散芳香，秋叶安能耐苦凉。
岁月无情霜染鬓，光阴有意绿成黄。
但容自我如珠玉，不怕闲人道短长。
双手抛开名与利，笑观弱水送沧桑。

野塘观钓

翠柳荷塘野径通，芳丛稳坐钓鱼翁。

竿悬碧水沉红日，线出清波挂彩虹。

四面蛙声为鼓乐，八方草色做屏风。

人生自有无穷趣，但使凡心入景中。

临水桃园

桃花近水又临堤，落满池塘复满溪。

锦鲤也知春似酒，抬头欲上树枝栖。

深秋寒潮孤鸟凄

月出东南落日西，秋残老柳冷丝低。

枯枝缀露栖孤鸟，风打寒巢夜夜凄。

夏日傍晚雨后晴

楼台西望正黄昏，树叶低垂带雨痕。
雾伴残云涂旧壁，霞陪夕日映新村。
蝉鸣翠柳滴清露，雀跃鲜花锦暮门。
意恋幽居常谢客，银壶煮酒逗儿孙。

老友相见

人生能几许，鬓发已沧桑。
旧友同摇手，儿孙聚满堂。

小院安逸

清幽小院最宜栖，百草迎门树叶低。
故友亲邻常相聚，时来鸟雀绕篱啼。

人生如泛海

人生如泛海，哪有坦途歌。
浪下沉礁石，波中隐漩涡。
风狂遮耳目，雨急暗山河。
路远无能达，忧情自古多。

游　子

凄风落叶上空楼，雾笼纱窗独自愁。
归意孤鸿沉露羽，望春兰草叹穷秋。
丛林烟绕朦胧月，寒水潮升跌宕舟。
四顾欲寻知己客，雄心满腹总难酬。

人生自娱

莫求得失与温凉，小院花开自品香。
不用水宽明月远，无需山厚白云茫。
闲来寻韵陪茶盏，寂寞邀朋伴酒觞。
即使四时多变换，管它红绿紫蓝黄。

人生

半生沧桑迎深秋

梧桐长大鹤无栖，早晚飞来鸟雀啼。
惯看窗前明月皎，常迎屋外冷风凄。
阴森雾幕归鸿雁，寂寞霜田过野鸡。
半百沧桑心未改，诗词伴酒任东西。

梨　花

一株独秀照阳春，根入红尘意最真。
生长无需高贵土，开花不怨贱贫身。
素颜袅娜惊风雨，馨蕊娉婷似雪银。
质本洁来还洁去，缤纷玉蝶更精神。

出游偶得

清溪依峻岭，瀑布伴浮云。
绿树藏鸣鸟，青山吊彩裙。
奇亭斜日影，异石上苔纹。
顾恋芳丛去，还留满袖芬。

读 诗

佳言丽句各芬芳，古律新诗妙异常。

湖泊山川存墨笔，花鱼虫草在文行。

抒描喜怒悲欢事，记叙哀怨聚散章。

百卉竞开归眼底，慢研细品富余香。

春 柳

袅娜仙姿碧发扬，春风一夜着青装。

绿烟缭绕轻盈舞，紫燕翩飞剪暖阳。

梅

雪覆冰封散暗香，何方此刻泄春光？

本该百卉随天地，偏向寒潮独自芳。

雪晨垂钓

薄雾持竿出，梨花覆路尘。
天寒池水浅，垂钓只斯人。

秋　晨

喜鹊枝头叫，银霜锁雾晨。
西风扫落叶，惊醒梦中人。

野外异景

碧叶压新竹，清波覆绿溪。
飞沙迷白鹭，乱石憩山鸡。
谷豆临瓜地，桑棉隔菜畦。
此时无异景，草色柳丝齐。

祖国颂

七十华辰气势虹，山河瑞彩九州司。
和谐社会民心顺，稳固边疆国力雄。
改革引航推富泰，创新筑梦助兴隆。
共描齐绘蓝图美，红日金辉染四穹。

祖国礼赞

—— 国庆 70 周年献礼

雄狮抖擞立东方，百业齐兴献华章。
千笔同描前景美，万人共梦国家昌。
福临华夏山河秀，财到神州地宁慷。
万马奔腾云水怒，蓝图明日更辉煌。

春　望

春深日暖盼晴空，极目山花遍地红。
客所风光浮眼去，故乡老屋记心中。
紫莺廊下常依伴，亲友天涯难再逢。
如水韶华安复返，寄情诗草付清风。

人生

重阳感怀

风染黄花瘦，霜洁独梦凉。

梧桐凋夜幕，残荷谢秋阳。

多少茱萸美，几杯烈酒香。

游人愁绪重，遥望雁成行。

大野春色

春来郊外使人迷，大野风光北向西。

细雨千丝缠碧树，群芳万蕊入清溪。

白消阡陌芦芽短，绿上枝头柳眼低。

雪尽尝余天地冷，冬靴裹足踏新泥。

庭院春色

风轻云淡雨如丝，蹊内青芽发几枝。

悄悄花开迷目醉，翩翩彩蝶惹人痴。

幽庭无故藏春色，闲士随缘赋雅诗。

香墨素肴陪酒盏，阴晴冷暖不需知。

春　思

云淡风轻日上楼，树荫斜织小溪流。
蜂鸣蝶舞争祥彩，鹂唱莺歌亮脆喉。
春色迷人人自醉，秋霜染鬓鬓添愁。
闲来垂钓池边柳，诗雅醇浓暖案头。

秋　思

一队归鸿破晓天，萧萧灰幕雨生烟。
西风染菊霜遮面，相惜何须在眼前？

秋风望冬

鹤唳云飘霜润冬，叶枯帆远挂秋风。
菊花有意向天放，笑待梅开一朵红。

人生

忆少年

风吹树叶绿还黄，常忆韶光志就狂。
立誓九天邀日月，豪言沧海捉龙王。
银霜铺地描春景，金桨推波写华章。
伏枥不堪槽下卧，老蹄奋起剪残阳。

白　露

秋熏白露野茫茫，一队归鸿送夕阳。
桃李芬芳能几许？抚篱笑看菊花黄。

感　悟

时光飞似箭，两鬓染云烟。
无意争风景，存心赋雅篇。
胸中藏万象，笔下有神缘。
文墨都为客，枫红一片天。

屈原祭

离骚流万世，矢志入清波。

君意人能解，民心孰可挪。

馨香千棵芷，悲壮一支歌。

天下忠魂祭，真情撒满河。

宴　友

美景缤纷鹿韭新，味临及处谊情真。

佳篇舒意诗为友，酿品怡人客作邻。

老顾随缘需尽乐，泥交聚首更添神。

池边金盏三千次，酒座无规笑语频。

（注：每一句诗第一个字连起来是"美味佳酿，老泥池酒"。鹿韭：牡丹的别称。）

老　松

老松傲雪刚而直，但觉骄阳已暮迟。
只要枝头颜色绿，管他春雨有几时。

杏花雨

一枝红杏照阳春，露染青唇别样新。
妩媚只需蜂蝶舞，葳蕤还等绿烟氲。
初萌绰约仙姿秀，盛放清明玉影频。
游客静听风话雨，知音世上有何人。

金山赏樱花偶得

佛塔飘来梵语声，朦胧山脚万株樱。
邀朋前去观仙境，采得春风句乃成。

思 乡

垂柳发春华，风高燕子斜。
故乡寻梦里，眷恋在天涯。

农家乐

翠柳水塘西，农家近竹溪。
桃林鸣鸟雀，屋舍唱鹅鸡。
蝶舞青禾地，蜂飞绿草畦。
炊烟香溢远，只待客人齐。

梅

迎风傲雪舞红装，冷艳何须弄淑光。
玉洁冰清孤影美，但随寒絮送芳香。

人生

兰

天塑玉姿身窈窕，春风撩拨舞蛮腰。
馨香屡屡滋君腑，谁解霜寒扰梦霄。

竹

破土冲天笑，刚柔气节高。
虚怀名利淡，雅韵赛松涛。

菊

寒霜凝露育幽丛，墙角篱边艳色同。
守节抱香何惧死，不随黄叶堕秋风。

春晨公园散步

公园散步舞生花，湖水粼粼映彩霞。
农事不嫌春日早，飞禽觅食又回家。

小城夜雨

电闪雷鸣震夜空，小城已在覆盆中。
田间积水何方去，一颗丹心似火烘。

春雨后

风轻疏雨歇，草色独萋萋。
水聚青池满，珠连绿树低。
芳花千态秀，碧叶万姿齐。
零落飘残蕊，随波入竹溪。

夏夜感怀

仲夏风稀热发狂，村头相聚夜寻凉。
树枝已息斑鸠静，园圃才开茉莉香。
眨眼星看新世界，弯钩月钓旧池塘。
人闲桂影话桑麻，国泰民安度小康。

秋　夜

西风落叶雁哀鸣，弯月登临小阁棚。
桂影朦胧纱帐里，芳心孤独伴天明。

别　友

依依惜别泪沾襟，霜洁风清落叶深。
此去前途千万里，恰如孤鸟入寒林。

观中杰公司有感

峰顶寻奇峻，双眉压众山。
只言风景美，谁解道中艰。

暮　秋

霜洁浮云远，天高百草穷。

低头怜落叶，举目送归鸿。

冷月陪孤鸟，寒星伴老翁。

暮年虽有意，身薄怕凉风。

下乡偶遇

云淡风轻树影斜，日高人渴近农家。

老翁拄杖开门看，身后还跟一胖娃。

秋　感

落叶压残荷，长天慨叹多。

人生堪易老，岁月总蹉跎。

过小村庄

草绿含春露，绦柔卧晓风。

晨曦黄叶瘦，苍幕碧云穷。

袅袅青山外，潺潺小路东。

柴门无隐匿，雅趣在其中。

菊

秋风相约故来迟，霜冷魂凄我自知。

幽境独生离闹市，抱香至死守孤篱。

归鸿飞去三春雪，寒蕊存留一片痴。

花美亦无千日好，人间得意待何时。

岁月感怀

如歌岁月总沧桑，一路风尘两鬓霜。

四季花红无觅处，三杯酒醉散余香。

梅兰竹菊庭前有，苦涩酸甜字后藏。

日影浮云头上过，黄昏相约看残阳。

参观花冠酒厂感怀

粒粒金魂土里栽，千蒸万踩脱凡胎。
人知玉露琼浆美，滴滴都从汗水来。

秋　殇

落叶萧萧遍地秋，春风夏雨此时休。
长天辽阔飞灰雁，大海苍茫起白鸥。
梦里无需伤往事，江中莫用盼回流。
金樽酒满今朝饮，一醉能消万古愁。

秋夜异景

风清月朗影婆娑，时有秋虫唱暮歌。
即使银霜涂满地，枯枝依旧挂青萝。

题《锦鳞碧荷》图

一池碧伞荡清波，玉影随风唱绿歌。
锦鲤不甘宫内静，欲登莲座念弥陀。

赏　月

桂影庭前落，清除案上尘。
酒浓香四溢，静候月中人。

偶遇老乡

背井飘零在他乡，身心孤独暗神伤。
喜逢桑梓娇娇女，正是槐花满树芳。

冬至感怀

（一）

入九寒来百草眠，春心萌动奈何天。
北风料峭枯枝泣，诸事谁人可两全。

（二）

雪压青松枝叶重，凌寒更显老梅红。
春心不怕冰千尺，昔日豪情永远同。

题图诗《晚江》

日落星稀江水暗，夜来风静有谁怜。
蜻蜓贪玩无归去，借瓣莲花做小船。

静　思

窗外清风吹玉箫，暖炉温酒自逍遥。
半生漂泊多辛苦，一路蹒跚不寂寥。
无事翻书寻雅韵，有心邀友赶新潮。
功名只作云和雾，聊寄花开与雪飘。

自　嘲

已知天命还言小，敢捋龙须拔凤毛。
日上额头平野谷，霜蒙鬓发雪原蒿。
双睛光亮陪星月，四体生风伴虎猱。
莫道腹胸存墨少，痴迷诗赋握狼毫。

春　至

春临佳木秀，纸鸢入云端。
柳树着新绿，金梅上栅栏。

人生

题图诗《湖光映晚霞》

夕阳美景真如画，天色湖光共彩霞。
岸柳轻摇游客尽，尚留舟影未回家。

春

山清水秀群芳润，绿上枝头紫燕临。
梅落不嫌春日早，雨丝还扰李桃心。

访友偶得

时近中秋访旧游，草房已换小洋楼。
窗前举目飘香处，是否樽杯为我留。

春天的小溪

雪尽清波荡小溪，东风拂柳绿枝低。
春寒岸上芦芽短，浅水才宜燕子泥。

洙水河公园春景

风上柳梢桃蕊艳，春光只把蝶蜂怜。
黄莺婉转鸣新曲，紫燕盘旋觅旧椽。
鸥鹭相邀嬉水面，老翁结伴钓湖边。
最佳浅草林荫处，但见金童逗玉娟。

游园即景

廊桥亭榭小溪流，鸟语花香岸柳柔。
燕剪春风飘倩影，莺歌丽曲展悠喉。
鱼嬉新绿微波起，弋上蓝天薄雾游。
今日逃移三界外，红尘远避弄扁舟。

转岗感怀

奔波劳碌失青春，风打秋霜断六神。
美好韶光无枉费，恢宏志向已成真。
血盈足迹填沟坎，汗湿衣襟带雾尘。
宝剑入鞘心未老，诗篇也让地天新。

望月遐思

玉盘金角桂花香，仙影飘游广袖扬。
若向东风邀绿蚁，遍寻佳句逗吴刚。

异乡秋夜

风高星月远，枯叶聚寒塘。
飞雁归桑梓，游人客异乡。
奔波情冷落，寂寞意彷徨。
举笔愁丝乱，灯昏案牍凉。

冬季菜棚

严冬雪似银，旷野没精神。
四季农人淡，棚中总是春。

人生

路　人

我归丛莽处，你在庙堂前。

义薄无今日，情深念往年。

有求寒舍下，不用白云边。

火烈知真伪，音偏总断弦。

清明感怀

轮回花艳有几多？一路匆忙可奈何。

只是烟云撩旧梦，怎能晋仆换新柯？

雨丝不解离人意，风笛还吹长恨歌。

敢问牧童春醉处，挥鞭已过杏帘坡。

观梅有感

凌寒怒放不争春，只向东风捷报频。

雪压玉枝心未改，冰封馨蕊志尤纯。

雅儒笔墨言胸臆，妙手丹青染锦纶。

正是当初随此品，才登金榜做新人。

秋　菊

独秀秋光酷里来，庭前篱后把花开。
玉枝优雅惊群目，艳蕊馨香润众腮。
婀娜丽姿居碧汉，娉婷仙影下瑶台。
莫言春尽无颜色，自有乾坤赋异裁。

牛

银角攀星月，金蹄绘夏春。
汗湿阡陌壮，血染套犁新。
愚昧成诗赋，荒芜变绿茵。
默然无语处，舔犊最情真。

巨野人工湖

曲径通幽临水尽，柳嬉花蕊草成茵。
原知不比西湖美，但觅诗踪润俗身。

春　趣

和煦春风到俺庄，花开小院四邻香。
黄莺展翅嬉桃树，菜豆抬头上竹墙。
云淡烟轻邀故友，情浓兴雅满茶觞。
酒酣落日真如画，任我诗狂笑宋唐。

秋　思

天高云淡日生凉，常念家中白发娘。
雨打浮萍无定所，风吹落叶在他乡。
蜜蜂忙碌桃花艳，紫燕辛勤麦子黄。
岁月如流霜染鬓，一壶老酒醉心房。

悼袁隆平院士

神农乘鹤去，吾食找何求？
万姓祈天地，袁公可否留？

悼吴孟超院士

杏坛传噩梦，风雨为君倾。
谁自悬肝胆？人间万古情。

春　心

桃红柳绿散芬芳，春意萌生托暖阳。
君似花开风带雨，我如蜂蝶梦难偿。

湖上泛舟

夏催枝叶秀，邀友泛扁舟。
划桨开波浪，行船伴鹭鸥。
锦鳞嬉碧影，长线钓金钩。
心在清溪内，诗丰意更悠。

莲　说

娇姿婀娜映清波，意伴青灯向佛陀。
人赞体魂如碧玉，苦心一颗为谁魔？

雨后晚晴

朝雨盈坑晚上晴，月前摇扇众蛙鸣。
谁人能懂其中意？不负今宵百万声。

登滕王阁

滚滚长江不复回，为寻旧迹上楼台。
登临谁解滕王意，只惜唐生旷世才。

幽林独行

日照丛林薄雾轻，幽冥小径水流清。
一人独处神仙境，哪管凡尘乱耳声。

夜　归

深夜杯盘净，星稀薄雾萦。

酒高天地转，目眩树楼倾。

远近无人迹，时常有犬声。

前方灯亮处，知是最真情。

河南洪灾

玉帝弃温良，洪魔发了狂。

国人齐上阵，奋力斗龙王。

台风烟花过山东

暴雨狂风气势雄，烟花六月下山东。

人心齐似铜墙固，不让洪魔发大疯。

秋 悟

枯树斜阳映碧流，霜临华发莫言愁。
曾经壮志翱沧海，今日豪情荡冷秋。
紫气东来朝雾出，夕烟西去暮云收。
腹无忧绪心常泰，遍觅诗踪伴酒瓯。

七 夕

夜阑虫切葡藤静，弯月垂怜岸上翁。
喜鹊不知何处去，只留银角挂秋风。

观画有感

丹青妙手绘阳春，万紫千红别样新。
香溢满堂心自醉，不辞愿做画中人。

秋雨即景

细雨叩窗风慢唱，秋来气爽觉微凉。
鸣蝉踪影何方去，遥视归鸿梦故乡。

麟城秋雨后

雨湿麟城后，轻霜覆冷秋。
叶黄幽径静，还伴小溪流。

秋夜思

夜静露浓追候雁，星悬苍幕月胧天。
清风何以惊秋梦，心伴孤灯未入眠。

秋　夜

枯树寒塘息老鸦，清风残月入窗纱。
秋霜不懂春天事，落叶萧萧伴苦茶。

中秋感怀

情浓怎可收，萧瑟又清秋。
明月邀杯酒，堪消万古愁。

孟晚舟归国感怀

魔窟栖身未折腰，一根傲骨向天骄。
虎狼胆敢谋奸计，我必弯弓射大雕。

清明异景

清明春日暖，芳草自萋萋。
暮坠桃花露，朝衔燕子泥。
天高催雾尽，水阔隔烟迷。
细雨堪伤古，今人忆旧题。

题图诗《夕阳瘦影》

露湿犁铧夕照中，孤桥瘦影一般同。
谁人可解黄牛意，唯见农夫背似弓。

中秋之夜

中秋桂影落银盘，薄露轻霜小觉寒。
何处虫鸣惊梦意，菊香缭绕倚雕栏。

静心养性

竹映清池染绿苔，花枝烂漫水中隈。
篱边满种陶潜菊，案上多陈李白杯。
晨起还迎曦日出，晚炊又等暮云来。
粗茶款待诗词客，意静无缘百事哀。

秋雨怀想

雨雾朦胧北雁归，风摇秋叶满天飞。
举杯又念挑花客，脚踏寒霜盼暖晖。

春　景

春来寒已尽，农务适时忙。
雨细冬苗绿，风轻菜蕊黄。
莺飞鸣翠柳，蝶舞采暖阳。
最喜花丛下，谁家凤与凰。

重阳感怀

秋来雁去又重阳，淡露轻霜润菊黄。
雨打残荷随碧水，风吹落叶入寒塘。
清闲独自陪茶盏，寂寞邀朋伴酒觞。
远避红尘烦琐事，只留豪气赋诗章。

春光如画

浅草覆芳菲，新畦翡翠齐。
风清桃蕊散，雾淡柳枝低。
叶绿娇莺舞，花红戏蝶迷。
芦芽春雨后，燕子正衔泥。

秋天无常

一夜北风狂，寒流冻断肠。
昨天穿短袖，今日换棉裳。

赋　闲

利禄功名有或无，亲朋常往未曾孤。
沧桑岁月浮流水，欢快时光把玉壶。
老马槽头寻旧梦，雏鹰巢内盼前途。
花开叶落谁人定，自会秋霜染白芦。

深秋感怀

菊散芬芳落叶残，连绵秋雨透心寒。
人生好比花千树，名利如同菜一盘。
古训今风需细读，粗茶淡饭最宜餐。
遍寻佳句成诗草，慢品精雕意自安。

大野雄风

河水清波直向东，秦王憩处洞尝空。
天增祥瑞麒麟雨，地出文明孔子风。
屏盗弘扬今古事，会盟称颂鲁齐功。
塔高稳立云烟散，盛世花开别样红。

隐　居

两鬓秋霜病上身，奔波已觉厌红尘。
英雄豪气随风去，常伴诗书会友人。

孤独夜行女

夜深人静大街幽，少女低头面带羞。
薄雾朦胧弯月冷，寒霜凄楚竖眉愁。
鸟归相约枯杨柳，谁宿陪同小阁楼。
心似银河边际远，等君渡我驾轻舟。

秋天新感

霜临两鬓意如何，气爽秋高亦是歌。
雁拍苍穹天绘画，叶飘旷野地扬波。
枫红婀娜超春蕊，菊艳婆娑比绿萝。
岁月无情人易老，今生万事不蹉跎。

又逢重阳

风飘落叶上窗台，鬓染秋霜莫自哀。
年有重阳今又是，黄花依旧向天开。

退隐偶得

辛苦奔波欲断肠，红尘远避未彷徨。
顾家无意添新旅，恋子多情托故乡。
春夏花开知鸟语，秋冬蕊尽盼云翔。
诗文词赋修身性，邀友烹茶品酒香。

冬泳者

风割肌肤冻断肠，身穿皮袄透心凉。
有群男女真奇特，敢入冰河捉鳖王。

做　人

世俗纷繁莫近身，事能知足有精神。
德随松柏枝流翠，品学莲梅蕊滴新。
恩泽情浓深似海，良言意笃暖如春。
家庭和美邻居睦，守法遵规做顺民。

茶言琴语

烹茗琴弦断，痴情各自欢。
谁知香韵意？心向一盆兰。

秋　枫

一片红霞映碧天，秋风吹下赤衣仙。
乐音缥缈轻盈舞，原是金枫落玉川。

游渣滓洞感怀

初次去游渣滓洞，阴森恰似到阎宫。
耳边犹有皮鞭响，身上如临烙铁红。
鲜血满腔涂石壁，丹心一颗照苍穹。
和谐幸福康庄路，牢记英雄万世功。

惜　时

寒霜有意送归鸿，落叶无端伴媪翁。
浩渺长天云逐月，苍茫大地树摇风。
沉舟羡慕千帆竞，秋日堪忧百草穷。
切惜眼前花万朵，奈何季节老梧桐。

观　菊

秋散银霜菊乍黄，兴浓索韵倚斜阳。
蜜蜂有意寻寒蕊，芳菲无心泄冷香。
明月添姿摇倩影，清风酿酒入厅堂。
凄魂绕梦情千缕，泪滴诗笺夜未央。

老槐树

春暖鹅黄镶玉蝶，老枝垂钓八方斜。
曾经解救穷人苦，走进高官富贵家。

月下怀思

万里苍天月一轮，临窗凄泪湿红唇。
原知蟾影生连理，却是清辉洗俗尘。
潋滟碧波浮白鹭，朦胧烟雨忆何人。
明朝醒见芳枝悴，还让西风扫落春。

往事不堪回首

落叶萧萧叹息频，无情岁月不留人。

冰霜雨露披肩上，坎坷忧伤入梦垠。

回首当初多跌宕，方知往日太天真。

小楼昨夜秋风紧，锦枕时时泪迹新。

秋夜饮归

我到何方去，心知梦里来。

非花非雾处，亦鬼亦人哉。

夜雨沾寒发，秋风擦冷腮。

酒中无四季，扶醉五更回。

寒衣节感怀

烟笼荒郊雾笼天，凄凄枯草墓茔边。

阳关冥界三抔土，后辈先人两样眠。

酒菜只能当供品，青灰可否作银钱。

有心尽孝应宜早，莫待坟前告九泉。

晚秋吟

风送南归雁，霜侵小阁楼。
春芳无处觅，往事复何求。
寂寞沧桑路，伶仃跌宕舟。
应知天易老，江海向东流。

一夜无眠

残月映纱屏，孤灯照寂厅。
树枝栖倦鸟，窗户扑流萤。
夜犬惊初梦，晨鸡扰耳宁。
推门风洗面，双目对寒星。

暮秋幽境

暮秋湖水静，偶尔有鸣禽。
僻径人踪少，清霜落叶深。
黄花才吐蕊，翠竹已成林。
独恋该幽境，谁知一颗心。

人生

晨练偶得

旭日荡晨埃，清香入鼻来。
柳绦湖岸荡，梅蕊路边开。
李白仙人面，桃红月女腮。
春光情意笃，百卉脱凡胎。

观画师作画有感

纸上百花开，青山绿树偎。
雪飘寒气近，瀑落白云来。
喜鹊登梅叫，秋鹅浮水呆。
腹中藏万象，妙手出心裁。

习　诗

修文有始终，功到自然通。
平仄诗词赋，篇章韵对工。
推敲需缜密，求道再谦融。
浮躁骄蛮缺，毋庸假大空。

码头秋景

黄叶随风舞，残阳染栈台。
远山纱帐隐，近水锦鳞开。
雁阵无情去，航船有意来。
岸边佳影瘦，翘首独徘徊。

夜饮后

夜幕挂金钩，风摇树影幽。
新巢飞鸟宿，故道野虫游。
酒醉归途远，身疲入梦休。
饥肠惊睡目，红日上东楼。

山外仙境

常羡云山外，仙姿去复来。
峰峦流瀑水，亭榭接楼台。
珍宝随风落，奇花遍地开。
今生无所欲，此处避尘埃。

南国情思

明月清如许，春风也醉人。
豆红南国土，梦挚北方邻。
举酒思千里，登楼眺五津。
应知同海内，只是皱眉频。

秋夜抒怀

夜静月光柔，天凉好个秋。
浮生晨雾散，往事暮云流。
倚醉红尘路，孤芳小阁楼。
胸怀容万物，诗酒荡轻舟。

明月之夜

明月照苍穹，天涯此刻同。
我言春雨暖，谁赏百花红。
策马千山尽，回头万壑穷。
松涛依旧绿，霜下送归鸿。

四海明月

四海悬明月，银辉照我帏。

襟裾清露湿，眉睫暮霜飞。

日念伊人瘦，今祈雨水肥。

雪飘梅蕊放，能否报春归。

山顶松

独秀山巅入瀚穹，轻阴一片满头风。

春花怒放不争宠，冬雪飘飞更郁葱。

酷暑催生枝叶翠，严寒磨炼栋梁功。

且寻笔墨成词赋，倾慕痴心诉曲衷。

春　韵

一夜春风粉羽飞，庭前新壤绿成围。

柳垂碧水鱼攀树，梅落黄泥叶作肥。

金带婷婷舒翠眼，珍珠攒动展欣薇。

莫言时节施浓彩，只叫蜂囊负醉归。

春　魂

繁华落尽入红尘，一夜春风草自新。
日暮霞披归宿鸟，香魂只盼育花人。

阳台盆栽

金枝玉叶驻阳台，雨露无侵瓦罐栽。
冷暖无关天外事，四时绿叶有花开。

梅

傲雪凌寒可报春，蕊馨枝俏骨嶙峋。
缘何能使群芳妒，不爱虚荣却爱真。

梅

不进温棚不入林，凌寒何惧酷霜侵。
暗香缕缕冲霄汉，未负琼芳一片心。

梅

不贪五彩不染尘，心也馨香意也真。
人羡百花颜色好，谁知雪下一枝春。

菊　说

不流春泪伴霜眠，玉蕊含香下九天。
崇德抒怀贤附圣，立身修性佛参禅。
功名利禄云和雾，福寿康宁月与年。
陶令痴情随此品，桃花源里去耕田。

凤凰台

凤凰台上凤难求，台上空留一石头。
不见凤凰何处去，洙河滚滚向东流。

一夜春风

昨夜春风扫落花，露珠溢彩映晨霞。
多情不是窗前月，红粉翻墙到谁家？

抚琴问月

窗外清光照古琴，万弦问月是知音？
嫦娥应觉蟾宫冷，玉兔无言夜夜心。

田园之乐

种豆福河岸，归来日已西。
风清揩热汗，水净濯凉泥。
酒里孤星远，茶中半月低。
无人同饮醉，唯有夜莺啼。

抚琴望月

明月窗前照，孤星挂九天。
南枝栖倦鸟，北雁映霜田。
菊俏开新蕊，枫红慰旧年。
秋风通韵律，愿断五千弦。

湖边观景

风静柳丝轻，波清白鹭鸣。
锦鳞嬉日影，黄雀觅蝉声。
花放林荫道，香熏大野城。
坐观垂钓者，心有羡鱼情。

渔歌秋色

谁于对岸唱情歌，只让鸳鸯荡碧波。
鸿雁徘徊霜覆面，渔舟顾盼雨盈河。
丛林秋色生寒梦，游子乡愁惹欲魔。
酒绿灯红人自醉，可怜岁月总蹉跎。

无官身自轻

年高身体懒，枯草倚门生。
陋室常来客，粗粮易做羹。
梧桐栖鸟叫，藤蔓卧鸡鸣。
文海寻佳句，无官倍感轻。

秋天情思

曾憩楼台室已荒，而今风雨两茫茫。
花香蝶舞随秋水，叶落霜飞映夕阳。
泪眼难穷千里目，痴心易断九回肠。
苍天有意悬明月，安使春涛树上芳。

春风吹雨

春风吹雨洒江天，一夜青藤树上缠。
鱼亮锦鳞嬉碧水，柳垂绿发吻清泉。
桃花浴乳枝流翠，莲角含珠叶滴涎。
物赋人情真有意，但辞甘露润心田。

秋风如歌

秋高风急雁南飞，满把清光向翠微。

金菊含香迷目醉，早莺觅食带霜归。

一杯浊酒酬佳节，两鬓银丝落夕辉。

岁月如歌还似水，繁花过后绿才肥。

秋日垂钓

云开日出照麟城，独钓池塘碧水平。

白鹭踏波来又去，轻烟投影落还生。

岸边金菊迎风舞，树上黄莺振翅鸣。

忽觉丝竿传喜讯，已知收获定丰盈。

深山藏古寺

深山藏古寺，旭日照丛林。

曲径通幽静，清溪伴鸟吟。

天光知物性，潭影阅人心。

未见僧家面，唯闻击磬音。

琴语情思

十指痴情拨断弦，声声音律诉前缘。
阳光雨露知心语，明月清风作信笺。
霜覆丛林枝滴泪，雾蒙沧海水生烟。
曲终思绪千千万，身伴孤灯夜未眠。

夜寒风急

银霜覆地起寒潮，万木飘零百草凋。
夜半凄凉无犬吠，北风怒吼扰良宵。

雨中春色

雨伴东风柳唱歌，八方锦绣配青萝。
可怜村后池塘水，也爱春光泛绿波。

秋　雾

混沌秋晨雾，朦胧万物迷。
无依知早晚，未据辨东西。
路上行人少，巢中宿鸟凄。
蜗居何所事，静听打鸣鸡。

秋　说

别在秋天说寂寥，菊开芳气入云霄。
黄金遍野珍珠亮，把酒烹茶待冷潮。

春晨湖边怀思

一方明镜隔晨烟，碧绿粼波托小船。
时有桃花浮水上，不知春色在哪边。

梅

寒蕊知春抱梦归，不跟桃李竞芳菲。
谁言香冷无情义，血染乾坤伴雪飞。

风雨中看落花

轻风细雨皱眉颦，满目凄凉恋落春。
香断红消谁又惜，渐宽衣带也情真。

雨中垂钓者

春雨连绵雾笼天，拂堤杨柳绿生烟。
谁家老叟真牛气，还在垂纶碧水边。

游子思归

红梅吐蕊报新年，雪野苍茫聚冷烟。
身伴凄风千里路，心随明月万重天。
痴情似水灯无语，孤枕如冰夜亢眠。
曾问归期何日定，行囊羞涩梦难圆。

春晨看落英

东风轻拂送斜晖，一夜桃林粉蕊飞。
幽径蜿蜒连曲陌，阴廊跌宕接轩扉。
总怜香骨不堪扫，还惜朝阳未忍归。
阅遍丛芳何所寄，纱窗明月入秋帏。

春塘趣事

一方明镜锁烟霞，柳蘸清波泛碧花。
紫燕故梁寻旧所，黄莺老树建新家。
春寒枝上无蝴蝶，苇乱丛中有野鸦。
待到池塘潮满后，远抛丝线钓鱼虾。

秋夜寻饮

今夜星辰伴冷风，应邀赴宴去桥东。
霜浓忽觉衣衫薄，露重还知肚子空。
烈酒三杯身上暖，佳肴一案腹中隆。
金樽斟满谁无醉，旭日朦胧半壁红。

美女赋

凤尾香罗映月容，朱唇落粉玉兰浓。
轻纱拂面羞难掩，雪贝飞霞笑亦恭。
走路风摇堤上柳，挺胸日照岭边松。
芳姿婀娜惊群目，何用天涯觅绝踪。

劝情人

莫言枯草怕秋霜，大雁南飞菊蕊香。
神女方能寻旧梦，村姑亦可觅情郎。
风波不管菱枝弱，月露才怜桂叶黄。
春泽百花千色艳，何须惆怅羡鸳鸯。

金山问佛

登上金山觅佛踪，忽闻远处响洪钟。
两峰香雾荫才散，一路芳花色正浓。
烛影朦胧迷慧眼，纸烟缭绕醉凡胸。
塔高诸阁藏玄语，能解红尘谜几重。

情人论

满院花开蝶自来，别嫌墙外有轻雷。
金蟾只要香烟旺，玉虎无需汲井台。
世俗贪图韩掾貌，谁人仰慕魏王才。
春心若动财和少，何故街边折野梅。

大　海

海天烟水阔，远眺目光贫。
帆影金晖处，鸥声白雾滨。
手牵千岭秀，怀抱五湖春。
但见洪波怒，惊涛落似银。

岁月如流

时光流逝似穿梭，得意毋需唱醉歌。
芳草连天忧恨少，银霜铺地感伤多。
春晖但喜前途远，秋色无如白发何。
岁月沧桑人易老，残花怎可浴风波。

季春私语

风摇碧柳杜鹃啼，雨润芦芽绕古堤。
我种红桃花满树，芳英落处使人迷。

冬　野

雪飞湖水静，岸柳憩鸣禽。
野径来人少，寒天落叶沉。
轻烟孤远客，薄雾绕空林。
惆怅红尘事，西风唱古今。

老 宅

荒宅人踪少，莓苔上断垣。

群禽栖老树，野草闭闲门。

雨后蟾声亮，更深鼠影奔。

时常经此地，沉默总无言。

打工人

雨丝织柳绿生烟，遥望家乡益渺然。

倦客孤凄依故土，游人愁绪接云天。

旧城沉默时流汗，寂港无言夜泊船。

身似浮萍多苦涩，泪沾衣袂有谁怜。

留守老人

黄昏日落照孤村，倚杖街头欲断魂。

寂寞眼帘人影尽，蹒跚归去闭柴门。

伤心女人

黄昏落日照庭廊，金屋谁人哭断肠。
寂寞空房孤影暗，不知何故把心伤。

春夜月色

虫声唧唧透窗纱，星斗阑珊树影斜。
今日已知春意暖，夜深月色照谁家。

幽静可居

径曲野蒿荒，春深碧水长。
落花何处至，波荡此时香。
绿柳依山路，红梅近草堂。
幽冥无白日，清露湿衣裳。

秋天随想

风高雨水频，天阔气清新。
落叶终归本，飞鸿总乱神。
五湖寻故友，四海念亲人。
满酒邀谁醉，窗前月一轮。

秋湖晚景

霜洁雾丝游，残阳落冷丘。
道旁黄叶树，湖上绿皮舟。
桨响惊飞鸟，风吟乱细流。
幽香何处至，独自恋寒秋。

荒院孤老

夜色遮双眼，游禽带露归。
门前无甲子，杖上有朦晖。
地薄黄花瘦，人稀鸟雀肥。
暮年何寂寞，荒草掩柴扉。

春宴农家

东风御柳斜，做客至农家。
院阔鸡鹅狗，藤高燕雀鸦。
青畦肥韭菜，白壁映桃花。
把酒谈前景，粮棉果畜麻。

春　韵

春润暖风柔，芳香入碧流。
鸟鸣惊绿叶，日照泛轻舟。
蝴蝶嬉群蕊，桃花插满头。
黎明株上泪，眷恋到清秋。

深秋晚韵

寒塘落夕阳，灰幕暗孤庄。
天远星光冷，风清夜色凉。
枝浓归鸟宿，烟散去鸿翔。
往事东流水，无须扰梦乡。

自　乐

自幼爱诗书，馨香暖敝庐。
承蒙人莫弃，庆幸友无疏。
白发功名淡，童心杂念除。
志纯忧虑少，雅趣永如初。

秋夜怀想

孤窗映夕光，满月初东上。
落叶玉霜新，开轩清气爽。
幽香润肺舒，白露惊风响。
欲取鸣琴弹，难求识韵赏。
常因怀故人，夜静梦中想。

悠闲老叟

琐事无心筹，餐前倒满酒。
晚风拂水波，花瓣飘溪口。
夜幕飞流萤，苍穹挂北斗。
炊烟上阁楼，雾影遮村柳。
但愿种菩提，悠闲一老叟。

雨后觅诗

雨后霞光出，残阳晚照时。
竹尖含玉露，瓜蔓吐金丝。
紫燕栖尝早，芳花落已迟。
闲来无琐事，即景赋新诗。

晚景怀思

万景归穹暮，痴心念故情。
天高星月远，风静雾云轻。
岸柳多孤寂，栖鸦少噪声。
惟怀千里路，夜梦一窗明。

一条光棍（古风）

一房一院一篱笆，一凳一床一盆花。
一鸭一鹅一条狗，一锅一碗一人家。

春　思

三月桃花放上林，路边柳树绿成荫。
春寒未尽微风冷，雨细平添草色深。
冬雪离无伤感意，暖枝聚有向阳心。
轮回千载悲欢事，多少痴情道古今。

为寒门学子考入清华而作

蓬门亦有蜡梅香，只让顽徒暗自伤。
攀越书山勤是径，泛舟学海苦为樯。
摘星揽月登穹幕，捉鳖降龙下瀚洋。
今日鳌头呈异彩，独游群岭睹风光。

野外独居

移家村外住，曲径入桑麻。
春种千株菊，秋开万朵花。
蹊边栽韭菜，墙上吊南瓜。
有意寻诗赋，闲来慢品茶。

独居老人

居处近无邻，天涯远缺亲。
门边黄尾狗，灯下白头人。
庭院生荒草，床前落乱尘。
寻常来客少，谁念一孤身。

同学四十年聚会

同窗离别后，再聚已难全。
惊愕翻疑梦，唏嘘各问年。
额头爬坎坷，鬓上染云烟。
谈及如今事，儿孙绕膝前。

奔波五十始还家

少小离家去，奔波五十还。
满头生白发，两额起纹斑。
锈锁门前挂，枯藤树上攀。
童年时玩伴，不见旧容颜。

心随明月

望断南飞雁，何时复再来。
你心随冷月，我意上楼台。
桂影于谁落，窗纱对汝开。
明朝沾泪处，雪下染红梅。

谒孔庙感怀

夫丘定有奇，一代帝王师。
夜梦龙来访，鹰风虎哺饥。
忧嗟无凤至，痛惜遇麟迟。
后辈楹联祭，千年亦可知。

二月趣

玉蕊桃红落碧苔，蜂鸣蝶舞共徘徊。
人夸二月春光美，锦鲤还衔日影来。

春风桃花飞

昨夜春风逗碧桃，红芳翻越一墙高。
今朝遍地香魂冷，万缕金辉着锦袍。

好酒者

谁家少妇夜来愁，只恨夫君恋酒楼。
但愿今宵归宿早，心忧醉鬼变孙猴。

初夏晨韵

人闲起得早，扰梦蝉声恼。
散步白杨堤，沾衣芦苇草。
莺歌醉少年，燕舞迷翁媪。
待到骄阳升，风光更美好。

初春图

雪迹消融时，新芽欲出土。
春风绿柳丝，日影明窗户。
翠鸟试清音，飞虫萌俏舞。
女郎何惧寒，裙摆效兰杜。

赋　闲

意懒事无侵，尘繁勿扰心。
抛钩怜僻境，赏鸟爱丛林。
日月陪香茗，诗书伴素琴。
往来皆雅士，吟韵有知音。

夕阳晚思

青藤壁上攀，绿水绕溪湾。
远树留孤影，残阳落半山。
流云无意去，暮鸟有心还。
待到晨晖出，谁能念旧颜。

游少林寺

嵩山觅佛踪，香雾入云峰。
古木幽冥径，丛林肃穆钟。
禅房飘梵语，舍塔冷青松。
薄暮金辉映，神光淡又浓。

江面晚景

水暗苍山远，江宽落日红。
云轻星月外，雾淡有无中。
白鹭浮清影，波涛映碧空。
夕阳残照里，还见打鱼翁。

半生回顾

忙碌辛勤日夜筹，惜金数九谢貂裘。
三餐不顾常惊梦，五体难安惯做牛。
愧意无心家内事，痴情只替他人忧。
而今退隐红尘外，已是寒霜染鬓头。

秋初大雨后

阴雨初晴在午时，八方水满涨秋池。
青蛙田野歌新曲，白鹭荷塘展异姿。
屋后枯藤生绿藓，门前老树上螺蛳。
虽言夏末阳光劲，岸柳随风舞碧丝。

谁家少女一朵花

红颜二八属谁家，艳若春桃一朵花。
淡蕊轻霜蒙粉面，琪霞浓墨染云纱。
朱唇微笑含珠玉，乌目秋潭挂月牙。
质似芝兰芳气重，身如杨柳碧枝斜。

桃花祭

桃花落雨寒，汇入清溪水。
有意恋香魂，无心欺粉蕊。
风柔展艳姿，雾静偎芳髓。
荡漾泛浮萍，应知春骨美。

秋夜孤影

桂影初生玉露微，寒风透骨又霜飞。
心知夜久无归意，最怕孤灯散冷辉。

秋光渔女愁

天高云水秀，日落晚来秋。
明月当空照，清泉入细流。
孤单沾泪女，寂寞打鱼舟。
有此风光美，因何独自愁。

春雨古树一方塘

古树入云天，虬枝绕绿烟。
阳春飘细雨，玉露落清泉。
密叶藏栖鸟，方塘托睡莲。
锦鳞攀静影，不忍近溪边。

初秋晚韵

青山流翡翠，秋日落云烟。
婉转鸣幽鸟，悠扬唱暮蝉。
金辉依露叶，薄雾绕霞天。
待到银霜后，明星碧海悬。

初春晨韵

碧水漾清波，东风绿翠萝。
桃花含玉露，杏蕊落洙河。
淡雾佳姿少，浮云俏影多。
黄莺枝上舞，振翅唱情歌。

除夕人未归

红灯送夕辉，游子未曾归。
父母沾衣袖，妻儿候巷扉。
南枝栖倦鸟，北树挂枯薇。
怅惘回房去，关门泪自飞。

写诗苦与乐

自幼爱唐诗，年增日益痴。
出行寻妙语，坐卧炼佳词。
秋露连春晚，晨晖到暮迟。
谁言心志苦，乐趣我才知。

春晨轻雾

薄雾轻盈入画图，似无却有有还无。
苍茫旷野飘银蝶，浩渺长空落白芦。
缭绕山阑群岭秀，朦胧水静一帆孤。
晨晖荡漾云纱尽，万颗珍珠缀满梧。

海边风光

夕日近荒芜，波清鹭影孤。

轻云开又合，薄雾有还无。

早晚风光异，阴晴景色殊。

西天红遍处，远岭隐金珠。

黄　河

千条溪水落云间，汇入黄河九道湾。

滚滚金涛连碧汉，奔流到海绕三山。

酿诗未果电话催

斟词酌句未心灰，欲待诗成电话催。

只说新居炉火旺，佳肴美酒伴樽杯。

春　趣

细雨落平湖，新芽滴玉珠。
雷鸣蛙鼓响，雪尽草根苏。
喜鹊才生卵，玄燕始育雏。
塘前观翠柳，屋后赏菖蒲。

游　子

空囊压脊背，脚带家乡土。
断定近新年，归期无法估。

细雨天随想

银丝飘九幕，淅沥似烟雾。
岁月起浮舟，人生风雨路。
花开陪鸟鸣，叶落向谁诉。
大海水东流，容颜安永驻。

初春晚韵

芳花舞异姿，恰是暮云时。

鸟食归来早，蜂忙散去迟。

夕阳涂碧树，翠柳蘸清池。

桃蕊含春泪，多情我最痴。

别友后寄情

曾经相别艳阳天，今日花开又一年。

岁月沧桑霜染鬓，人生跌宕水浮船。

因心懒惰无飞雁，故梦伤情未入眠。

每遇客来常问讯，谁知蟾影几回圆？

傍晚自娱

风平薄雾白，日落长天碧。

绿树挂红霞，青山沉晚夕。

行人无影踪，宿鸟遁形迹。

点火做餐羹，孤杯成一席。

初春雨景

细雨如丝碧草萋，花香露重压枝低。
轻烟缭绕溪边柳，自在娇莺展翅啼。

秋月夜

弯月上楼台，风凄落叶哀。
夜霜遮冷发，秋露湿寒腮。
归雁无情去，孤星有意来。
忧伤何所寄，怅惘独徘徊。

漓江晚韵

一江碧水映西晖，风动粼波接翠微。
彩带轻柔云雾淡，霞光灿烂鹭鸥飞。
渔船帆影天边去，客艇鸣声海角归。
仙女若能知此处，何忧戒律下宫闱。

深秋夜思

叶落风难静，霜浓夜更闲。

枯藤缠老树，暮鸟入寒山。

雁点青天去，梅披白雪还。

来年春雨后，再慰旧容颜。

初春细雨谣

昨夜落红飘，芳熏二月潮。

微云筛细雨，玉露挂青苗。

岸柳经风绿，芙蓉出水娇。

黄莺枝上语，犹唱杏花谣。

游孔林而哀孔子

一块残碑立墓边，生前身后两茫然。

洙流荡涤名和利，古树阴遮圣与贤。

沃土三千埋白骨，亭台十万近黄泉。

谁人凭吊先师意，今世无食旧日烟。

深夜静思

夜静更深梦不成，霜寒露冷暮云轻。
归鸿似箭南飞去，试问婵娟缺与盈。

早春异景

冰融虽冷泛春潮，一夜鹅黄染柳条。
雨细新芽铺碧毯，风柔霜叶剪红绡。
鱼寻日影行犹缓，莺展歌喉舞欲娇。
稚子不甘寥落苦，线牵纸鸢上凌霄。

早春风光

爆竹催春日放晴，冰消阳气始回生。
东风温润千枝秀，细雨轻柔百草荣。
山郁空明溪水碧，林深谷静鸟声鸣。
湖光荡漾浮鸥鹭，船击涟漪却未惊。

野宅宜居

野宅近清溪，香风不染泥。
花红垂柳舞，絮白子规啼。
院里黄瓜绿，畦中韭菜齐。
皆知多客友，素足复童鸡。

晚秋夜悲凉

独处西楼着素妆，灯昏夜静月生凉。
虫鸣窗外悲穿耳，雁叫天空恨断肠。
落叶缘何由粪土，老松无奈任风霜。
秋声萧瑟离人泪，酷露安能惜众芳。

客旅他乡感怀

更深雾重夜还幽，万缕愁丝梦里留。
去意飞鸿沉露羽，思春兰草叹霜秋。
枯枝顾怕寒风劲，废岸堪忧激水流。
冷月如邀羁客醉，斟杯寂寞待归舟。

又是桃花红

绿叶笑春风，桃花满树红。
成群蜂蝶舞，不与去年同。

桃花盛开

东风一夜染苍台，日照桃花晓露开。
欲比春芳如美酒，清香又引蝶蜂来。

江边夜宿

孤身夜宿小山楼，满目星光欲碰头。
潮落寒江明镜里，阑珊萤火照渔舟。

春晨雅韵

春虫卧晓枝，雾重日升迟。
韭菜泛新绿，黄瓜吐碧丝。
蜂鸣吟雅韵，蝶舞展奇姿。
群鸟啼林樾，金辉耀眼时。

秋夜情思

天阔悬明月，群莺共暖枝。
银霜涂静夜，玉露润寒池。
归雁排奇阵，浮云展异姿。
何言千里远，最苦是情痴。

秋　怨

落叶恨清秋，孤星照旧楼。
寒霜涂乱发，冷露湿蓬头。
荒岛栖银鹭，沉船宿白鸥。
常怀高远志，意总付东流。

秋塘晨景

日照寒塘放紫烟，晨晖笼罩打鱼船。
风平浪静如明镜，一橹敲开水下天。

感　悟

几度花开几度秋，风霜雪雨意中留。
雏鹰试翼日攀树，大雁哀鸣月上楼。
柳绿烹茶迷玉蕊，梅红煮酒恋貂裘。
名贤亦有沉浮事，老去何悲志未酬。

人到无求

已是寒霜染鬓头，凡心似水欲何求。
茶斟玉盏陪炎夏，酒满金樽度冷秋。
爱恋诗文消万郁，痴迷歌赋解千愁。
闲来约友持竿去，稳坐亭台下钓钩。

菊对桃花的诉说

君在阳春我在秋，君心争艳我心忧。
君如沧海千帆竞，我似清溪万股流。
雨润香魂嬉蝶舞，风抽冷面笑霜稠。
桃花片片随波去，拥抱枝头死不休。

愿得浮生一世清

愿得浮生一世清，莲心似玉意无争。
腹藏瀚海山川秀，胸纳苍穹日月明。
细赏春风嬉粉蕊，慢观秋露逗黄莺。
洁身勿染红尘事，半夜敲门亦不惊。

秋夜老妇

已觉红裳艳色流，风吹落叶上空楼。
双肩瑟缩背寒月，两目朦胧对冷秋。
雁阵高翔霜染翅，菊丛慢舞露沾头。
孤灯照影心无助，走近西窗向玉钩。

春　趣

翻越庭墙与断垣，桃花数片落琼轩。
群蜂眷恋春天事，早有香风绿满园。

秋夜怀思

飞鸿列队向南翔，振翅风惊夜雨霜。
熠熠孤星陪冷月，萧萧落叶入寒塘。
闲来才品清茶苦，寂寞还怀烈酒香。
却道人生多坎坷，何须忧恨泪沾裳。

田间之乐

半亩青畦小院东，施肥灌水趣无穷。
苗生沃土黄还绿，果坠高株紫又红。
不是厅堂年少汉，甘为田舍白头翁。
胸中有景知何处，把酒闲吟垄上风。

初春雨景

东风绿柳丝，碧影满春池。

莲角浮清水，桃花压翠枝。

云烟含雅韵，雨雾润佳诗。

有对黄鹂鸟，时常弄媚姿。

初春雨中赏景

初春雨雾似轻纱，人迹阑珊树影斜。

裹紧布衫观柳色，撑开纸伞赏桃花。

黄莺婉转寻新伴，紫燕呢喃觅旧家。

一片翠坪谁忍踩，针头寸草密如麻。

暮春晚景

夕阳欲落散余晖，倦鸟归巢柳絮飞。

暮霭朦胧青叶瘦，潮流缭绕绿芽肥。

平湖玉鉴浮清影，远幕金轮映翠微。

但见村灯才闪烁，炊烟袅袅出柴扉。

同学聚会感怀

聚首三年一校中，而今已是各西东。
家庭拌脚面难见，事业缠身信未通。
离散犹如千里雁，奔波恰似九秋蓬。
天飘桂影共垂泪，友谊仍和昔日同。

又见女同学

未见芳容四十年，书音两断九重天。
东风绿色催春雨，夕日金晖锁暮烟。
已失花开飘粉蕊，无需叶落恋秋蝉。
人生不会都如意，月有阴晴与缺圆。

留守妇女

谁家俏妇暖孤床，紫燕双飞别旧梁。
又是凄风催落叶，还陪麻雀晒秋阳。
夫行千里音书少，妾守空房院草荒。
冷月悬天愁绪乱，时常夜半泪沾裳。

在外打工人

孤被凄凉梦不成，夜深窗外小虫声。
家乡万里书音少，斜倚床头坐到明。

相思泪

无情总是笑多情，夜半孤灯梦未成。
蜡烛有心陪瘦影，为伊垂泪到天明。

秋夜抒怀

雁叫夕阳残，风清夜露寒。
孤星纱雾里，半月白云端。
鸟宿池边树，鱼嬉水下栏。
无忧心若镜，意静地天宽。

故地感思

眷恋桃园地，花开又一春。
芳香仍醉客，不见旧时人。

听琴有感

手指绕丝端，弦音落玉盘。
无人能识律，雅韵向谁弹。

秋晚赏景

西山落日曛，倦鸟恋成群。
头顶飞灰雁，天边聚白云。
风轻孤木静，水冷两溪分。
共赏黄昏景，披霜踏露纹。

桃花谣

春风着色露凝香，玉面朱唇舞霓裳。
倘若芳菲能换酒，桃花庵主最疯狂。

朋友相聚

有酒约名贤，同欢寄友缘。
杯盘如凤舞，嬉笑近狂癫。
觅律成佳韵，寻词赋雅篇。
孤芳吾独赏，意淡自安眠。

春分感怀

田园旧草已翻新，昼夜无争是仲春。
柳絮含情燕子剪，桃花有意蝶儿频。
残梅恋雨陪香粉，落杏伤风伴轻尘。
最爱群芳添玉蕊，且邀美景宴诗人。

同学聚会有感

一校为同学，功成各自还。
浮云千万里，雨露四三关。
欢笑情依旧，萧疏鬓已斑。
问其何所事，孙辈膝前攀。

春晨赏景

芳馨绕舍似陶家，玉露含情挂草芽。
薄雾朦胧迷翠柳，霞光悦目赏桃花。

深秋夜孤

凄风灌冷房，地上结寒霜。
今夜愁丝乱，孤星伴烛光。

同学四十年聚会

四十年前别，今朝始见君。
昔时毛小伙，儿女已成群。

别　友

夜雨染春柳，辞君去远方。
新炊多美味，老酒富醇香。
眼底飘寒雾，心田落冷霜。
浮云千里外，世事两茫茫。

人工湖万景

湖边万景万人游，万道清波万股流。
万缕春风梳万柳，桃花万朵万般羞。

飞瀑春辉

峰巅挂瀑布，玉鉴蒙纱雾。

众岭入清池，孤礁栖白鹭。

花香彩蝶迷，树茂黄莺顾。

但有泛舟人，歌声使客慕。

傍晚海景

残阳燃尽雾尘浓，但见清波照夕峰。

阔幕惊风云似马，苍山入海岭如龙。

银帆破浪三千里，褐隼巡天一万重。

自有芳丛迷夜色，香流何故惹杉松。

月夜赏景

月入西窗夜露浓，星光做伴五更钟。

藤青蔓绿宿蝉影，叶茂枝繁隐鸟踪。

缭绕烟霞红木槿，朦胧暮色白芙蓉。

紫薇有意迷人眼，且问凌霄爱几重。

幽 居

远避凡尘自懒慵，独居幽处少人逢。

三春有意花香早，四季多情鸟趣浓。

炼字习文思李杜，修身养性恋梅松。

烹茶煮酒赏芳蕊，不问明朝是几冬。

闲 居

深居小院度春秋，淡泊红尘未所求。

静待花开听鸟语，笑迎叶落看霜流。

诗书做友陪茶盏，字画为朋伴酒瓯。

偶有闲情寻去处，执竿放线荡渔舟。

忆当年求学时

为追宏愿启航船，大海扬帆向远天。

意锁目标蛾扑火，心通彼岸箭离弦。

雄鹰展翅还穿雾，烈马飞蹄再舞鞭。

坎坷踏平成坦道，摘星揽月险峰巅。

春雨新韵

朦胧细雨落云霄，拂面春风绿柳条。
玉液钟情鹅掌木，珍珠眷恋美人蕉。
蜂忙月季青芳散，蝶舞梨花粉蕊飘。
喜鹊枝头呼故侣，才宜郊野赏新苗。

细雨蒙蒙怀《雨巷》

朦胧细雨雾云间，寂巷何方觅旧颜。
纸伞应陪孤影去，丁香可伴众芳还？
江河滚滚归沧海，日月匆匆落夕山。
自古多情伤感重，诗人无悔鬓先斑。

深秋抒怀

已是深秋意自宽，今宵有酒及时欢。
喜观雁阵下南国，笑赏幽丛上竹栏。
布袄能遮晨露冷，棉衾可御夜霜寒。
雄鹰永葆凌云志，老马槽头不谢鞍。

倒春寒

已是春来上冷潮，冬衣未减冻难消。
寒流似雾蒙蒿草，雪色如烟暗柳条。
鸟雀啾啾檐下隐，枯枝瑟瑟雨中摇。
田间赏景终无果，煮酒倾樽慰寂寥。

咏秦淮河

秦淮灯火照名城，燕舞莺歌似有声。
数代帝王无觅处，波涛还伴月光明。

何时凤来仪

庭院梧桐碧叶垂，枝枝等待凤来仪。
香飘万里春风转，花覆千家日影移。
惆怅身迎朝露早，徘徊目送夕阳迟。
霜飞雁去群芳谢，更有祥云在几时？

人生

赏落春感怀

细雨如丝打落春，风飘粉蕊入红尘。
枝蒙冷雾隐啼鸟，叶挂寒珠映日轮。
每惜香魂伤感重，常怜艳骨皱眉频。
何须在意得还失，勿使悲欢乱此身。

观落花伤怀

琼芳玉蕊满园春，落絮缤纷覆路尘。
我恋身边香骨艳，谁当日后葬花人。

醉饮感怀

星光灿烂落银辉，夜饮城头抱醉归。
酒局豪言随处是，人生挚友古来稀。
堪怜蝴蝶嬉花舞，可笑蜻蜓点水飞。
偶得同餐常作秀，暂时相赏后多违。

桃园怀思

桃花满树旧人空，蝶舞蜂吟粉蕊中。
世上谁知崔护意，芳馨尽散任春风。

春　醉

紫燕衔泥上旧梁，黄莺振翅落篱墙。
桃芽著露苞流色，杏蕊随风粉散香。
雾锁蜡梅傍曲径，烟熏垂柳绕池塘。
春光荡漾醇如酒，欲醉何须盼杜康。

小院春闲

小院畦肥喜种花，招来众蝶带晨霞。
虽知白发非春事，但羡红芳恋物华。
往日无闲陪子女，而今有暇近孙娃。
诗文做伴常温酒，细赏流云慢品茶。

柳　树

碧柳婆娑荡雾尘，轻烟尽染绿丝新。
紧随大道临溪岸，既舞东风有笑春。

清晨闹春

黄莺展翅亮悠唇，彩蝶花丛戏紫晨。
雀浴清风惊玉竹，桃红柳绿闹芳春。

秋　趣

雁点青天字一行，霜田野兔写文章。
虽无粉蕊施浓彩，但有幽丛送暗香。
玉竹惊风传梵语，苍松带露着新妆。
梧桐暂把痴情放，且待来年招凤凰。

人生不易

此岁才知世事艰，而今不见旧容颜。
良驹万里汗流尽，老马千鞭背累弯。
羊走狼群蝉上树，鱼浮水面将攻关。
辛勤哪顾家和小，劳碌难求半日闲。

桃花流水一片情

桃花顺水逐溪流，欲把芳香送五洲。
粉蕊为醇能饮醉，春风作酒可销愁。
船回港口车归站，日下西山月上楼。
自恋诗词成一趣，身于此外再何求？

幽居快意

喜得幽居远庙堂，安心诗酒赏群芳。
风撩绿筱叶流翠，雨润红蕖蕊滴香。
月季煽情才吻蝶，石榴点火欲翻墙。
花枝起舞催飞燕，碧柳成荫可纳凉。

晚行郊野

夕影朦胧踏暮郊，缘湖小径富青茅。
惜光绿叶才临梦，恋夜黄花欲破苞。
露重枝沉蝉落壳，风轻雾淡鸟栖巢。
心纯喜爱清幽处，笑赏明星上树梢。

贺麟乡诗社三周年感怀

麟乡起社贺华年，数载同舟志趣缘。
话古谈今寻旧韵，评诗论赋觅新篇。
胸怀祖国筑宏梦，意览山河上巨巅。
党洒光辉千万缕，挥毫再绘艳阳天。

邻居月季花正开

邻家月季满园栽，爱恋春光竟自开。
粉瓣翩翩随水去，芳香阵阵越墙来。
蜜蜂屡屡吟窗幔，彩蝶常常舞晾台。
夜露含醇堪做酒，晨风带蕊入金杯。

小院趣事

我种花开满院春，风飘粉蕊亦芳邻。
常来访客儿童喜，屡有临阶鸟雀驯。
矮凳圆台迎贵友，粗茶淡饭宴佳宾。
青藤翠竹阅晨暮，四季柴门日月新。

他乡秋殇

雁点霜天月上楼，风吹落叶入溪流。
城郊怨绪飘寒暮，客舍愁丝乱冷秋。
梦伴菊芳沾玉雾，灯陪夜露挂金钩。
情怀似火多伤感，朝夕催人总白头。

酒醉夜归

风摇羽扇月张灯，雾里莲花坐老僧。
去去来来枝上鸟，离离别别世间朋。
低头矮草还连片，举目高楼又几层。
是夜欢歌陪酒盏，明朝韵律伴青藤。

晨往北京吉祥寺偶得

日上高楼照古松，但闻远处响晨钟。
山连众岭云烟淡，寺隐丛林瘴雾浓。
水落崖巅听梵语，风行树顶看禅踪。
元知腹内诗心瘦，更向深台第几重。

幽居闲客

柴门简陋临溪水，但有群鸥觅食来。
曲径通幽迷客目，芳丛引路悦人腮。
竹阴石凳落黄雀，树影砖墙上绿苔。
笔下诗词沾粉蕊，香随美酒入金杯。

恋诗不已

为求妙语字中留，两鬓秋霜意未休。
夏去虫鱼时善感，春来花鸟更多愁。
临池放饵闲垂钓，向水支竿慢荡舟。
假使光阴能倒转，还邀李杜与同游。

幽境如酒

谁知曲径总通幽，小路沿湖未现头。
树上青藤遮日影，脚边绿草掩溪流。
花开有意迷群目，蕊谢无心乱众鸥。
秀色醇浓皆似酒，情真亦可解千愁。

深秋杂感

无需羡慕锦罗衣，转眼春光到雪飞。
露缀寒枝花溅泪，霜蒙枯草叶归肥。
惊嗟对镜容颜改，感叹迎风鬓发稀。
自古哀伤多此恨，何如把酒掩柴扉。

一夜春风

春风一夜到桥东，昨日今朝景不同。
众草抬头惊柳绿，孤莺展翅恋桃红。
清溪水静浮芳蕊，幽径花开落碧丛。
早有群蜂忙善事，人前更羡钓鱼翁。

过珠港澳大桥感怀

脚踏凌波入水宫，天堂地府往来通。
龙腾碧海翻云雾，鹤落苍穹挂彩虹。
玉帝惊疑多罕事，鲁班惭愧少奇功。
当今世界谁言敢，唯有神州志跃鸿。

赠王青存

王青存老师和我从未谋面，但因喜我诗歌，邀请去他家做客，菜香酒浓，感其诚，作以赠之。

相会芳庭久慕名，诗文为友意真诚。
佳肴美酒浓如许，不及王兄送我情。

苹果情思

家乡苹果大甜香，每到秋收带两箱。
子本无心嫌色味，妻虽有意怯生凉。
贫亏异食馋穿胃，富足奇珍羡断肠。
梦忆儿时多泪眼，谁知转瞬鬓蒙霜。

春　闲

草浅春深小径斜，风轻日暖落桃花。
黄莺憩恋枝头叶，紫燕忙衔水畔沙。
老叟游园随鸟犬，儿童放线钓鱼虾。
诗书伴酒常邀客，树映篱墙是我家。

秋天抒怀

秋风浊露老梧桐，浅草依泉碧水通。
雾笼寒山观落日，霜蒙冷眼望飞鸿。
星稀淡彩两三片，夜暗幽香四五丛。
寂寞江天千万里，谁人能止海流东。

家乡路边紫叶李

家乡紫李路边栽，蕊伴春风似火开。
色烈还惊群鸟去，香浓又引众蜂来。
银星点点镶红幕，金角尖尖映赤腮。
欲赏秋枫何处有，无需浊露湿尘埃。

感慨刻苦学习的考生

寒窗苦读汗倾盆，傲雪梅花志永存。
今日考场身手显，定能一举跃龙门。

感慨不爱学习的考生

手拿试卷泪倾盆，只悔当初玩掉魂。
借问前途何处有，抬头遥望故乡门。

深秋荷塘

雁点苍天秋色晚，凄风送走一池田。
籽肥欲落粼波水，柄瘦还摇跌宕船。
但恋淤泥藏白玉，何悲枯叶染青烟。
莫怜盛夏无穷碧，美味方能慰富年。

春晨踏青

桃花怒放映朝晖，自是红芳压绿肥。
淡雾湿眉人独往，轻风拂面燕双飞。
娇羞碧草破新土，婉转黄莺入旧扉。
采得春光成美韵，身披粉蕊带香归。

秋暮残景

鸟雀归巢夕日斜，烟尘缭绕似轻纱。
霜蒙古树垂清影，露缀枯枝唱暮鸦。
野径荒凉红柿子，寒门寂寞紫山楂。
孤窗已挂西天月，雁映塘边老荻花。

秋夜情思

月挂西窗夜幕沉，孤灯绕枕气萧森。
长天露染寒霜色，老树风摇倦鸟音。
蕊放幽丛撩醉眼，唇含烈酒慰痴心。
笔端有意寻新韵，欲寄情丝向古琴。

天降大雨

备好行囊欲出门，忽闻窗外雨倾盆。
箭穿翠蔓雷霆斗，电裂乌云日月昏。
对影来齐人两位，投缘倒满酒三樽。
天恩甘露润田亩，只让农夫喜断魂。

暮春晚韵

万里苍茫落日曛，风吹柳絮雪纷纷。
云烟缭绕浓还淡，鸟雀啁啾断又闻。
酒逗群芳皆烂漫，茶嬉孤月独氤氲。
壶中自有诗词赋，醉意朦胧出妙文。

春天晨韵

信步春晨别样情，仙姿婀娜舞裙轻。
和风欲染桃花色，清露还湿翠鸟声。
潇洒青衫沾粉蕊，蹁跹银发落芳英。
人间到处皆佳韵，万景投怀句乃成。

二月踏春

二月郊野爽，朦胧远树低。
新芽青北岸，旧柳绿湖西。
日暖莺声脆，风柔客眼迷。
衣衫沾粉蕊，脚踏杏花泥。

夜雨后

夜雨潇潇渐细微，映空摇飏玉丝飞。
烟柔露重黄花瘦，雾淡风轻绿草耙。
日远何能干蝶翅，云低仍可湿单衣。
身边燕子匆匆过，唯有行人不忍归。

初春新气象

雪化阳升又复春，朦胧细雨浥轻尘。
吹松鬓发还沾露，浸湿衣衫不恼人。
岸柳垂髫浮绿水，池鱼展翅晾金鳞。
香魂无惧东风冷，尽染桃花粉蕊新。

黎明春色堪作酒

新来燕子入山扉，欲伴黄鹂赏翠微。
柳叶含烟临水岸，桃花缀露点人衣。
春寒日远鱼鳞瘦，雨细风柔草叶肥。
秀色芳醇堪作酒，诗心荡漾醉朝晖。

秋夜伤怀

清秋夜静月光寒，独守孤灯泪渍残。
笔下无言悲自语，诗中有意给谁看。
云归大海飘飞易，路隔天桥过往难。
唯染红尘多善感，痴情总是不心安。

二月情怀

二月春风日夜清，轻云细雨不需惊。
杨花渐展鹅黄绿，杏蕊初开玉白澄。
翠竹蹒跚三叶动，娇莺婉转一枝鸣。
莫言笔墨多伤感，草木无声总是青。

静夜咏叹

月上高楼夜夜心，孤灯对影伴瑶琴。
难为韵律惊天地，最是悲歌唱古今。
衣带宽宽空自叹，丝弦切切向谁吟。
繁花落尽雁归去，且慰愁肠索酒斟。

雨后新气象

雨后新枝玉露沉，虹飘翠蔓碎黄金。
花间曼舞黑斑蝶，树上鸣啼白额禽。
绿野烟开浓又淡，青山墨染浅还深。
风光不只春天事，四季丛林有鸟音。

欲上九霄访仙姿

人言碧海玉台遥，欲访仙姿上九霄。
雾壑苍茫乘凤羽，银河浩渺过天桥。
置身贝阙桃花放，漫步蟾宫桂蕊飘。
鹤发霓裳何处有，江边寻问老渔樵。

感悟人生

利欲终归入海波，金钱百亿又如何。
沉舟莫恋千层浪，老马徒思万里坡。
流水匆匆身后去，浮云袅袅眼前过。
谁人可驻青春色，未尽沧桑已烂柯。

红尘散人

笑傲红尘一散人，诗词美酒照青春。
情深似海撼天地，义重如山泣鬼神。
耳有七弦抛俗事，心无三界脱凡身。
闲来伴友问幽景，近水支竿钓锦鳞。

人生慨叹

数载沧桑慨叹多，为酬壮志似飞蛾。
何时欢笑何时苦，几处悲伤几处歌。
哪季芳菲能烂漫，谁人岁月不蹉跎。
春光总是催秋暮，水上浮萍逐浪波。

春晨雨景

白鸟梳翎恋暖窝，清风细雨泛微波。
轻烟缭绕熏垂柳，淡露晶莹润卷荷。
晓气逼人游客少，春湖涨水异禽多。
芳林绿叶添新彩，更有黄莺唱脆歌。

秋　恋

倦懒蝉声恋暖阳，风清雾淡暮云凉。
蝶群慢舞情难舍，雁阵徘徊意未央。
枯叶枝头忧冷露，鸣虫草下避寒霜。
柴门紧闭温醇酒，自赏阶前菊蕊黄。

雅趣自赏

满院花香我自栽，风吹粉蕊上楼台。
蜂吟伴酒出还进，蝶舞陪茶去又来。
共赋雅诗皆贵客，同沾素椅不尘埃。
无需恼恨繁霜鬓，翠竹苍松恋老梅。

东海晨景

日出群峰水下偎，金辉映照锦帆开。
霞中百舸频频去，雾里千鸥屡屡来。
竹叶摇风音顿挫，礁崖吻浪影徘徊。
天边尝有仙姿动，似是瑶宫落俗台。

秋江晚景

滚滚长江入海流，波涛逐浪几时休。
风吹雁阵浮云淡，霜染枫林落叶稠。
月照秋山空寂寂，烟侵寒水冷悠悠。
孤灯耀目添凄楚，泪洒银河放老牛。

黄河之源

高原巨蟒欲腾天，草地穿行隐古泉。
万股清流生水泊，千条彩链舞云川。
严如广袖空中挂，更似蛟龙雾里悬。
九曲蜿蜒东海去，长河落日赋新篇。

黄河颂

九曲黄河自向东，蛟龙腾跃气如虹。
滋荣华夏年年富，佑护神州代代雄。
可纳星辰云雾里，能容日月浪涛中。
今逢盛世添新彩，造福人民再铸功。

桃源情殇

共侍桃源四五年，而今日月两茫然。
无缘沧海难为水，欲付瑶琴总断弦。
我是飞蛾扑烈火，君如瑞雪落冰川。
心怜野草荒阡陌，切问伊人在哪边。

暮春晚趣

暮霭朦胧日落西，溪流荡漾草萋萋。
蝶迷粉蕊芳沾翅，柳醉春烟绿拂堤。
紫燕欢歌陪雀跃，黄莺起舞伴鹃啼。
花丛隐匿无声息，拟仿鸡鸣逗老妻。

故居情思

少小离家久未归，门前冷落故人稀。
篱墙颓废菊花瘦，鸟雀逍遥野草肥。
万缕情丝常入梦，千条泪迹总沾衣。
沧桑两鬓淋霜露，更恋衰容惜寸辉。

初春唱晚

野径草氛氲，晴空粉蕊熏。
风清山岭秀，水碧柳堤分。
鸟恋春天树，烟连日暮云。
花前嬉蝶舞，杏落乱纷纷。

春晨漫步

曦光润鸟鸣，雾淡暖风轻。
柳绿银烟秀，桃红玉露清。
花繁枝叶茂，草浅水波明。
漫步沾芳蕊，溪边踏落英。

红尘以外

红尘如雾去，名利水中波。
腹内新忧少，床头旧梦多。
常斟唐代酒，不管晋时柯。
爱恋诗词赋，春秋尽是歌。

自　娱

爱恋诗词赋，胸怀李杜风。
文中追妙异，笔下舍凡同。
世外寻陶令，山间觅谢公。
烹茶温美酒，潦倒一闲翁。

偶遇佳境

野径通幽处，芳丛锁木桥。
苍山依绿水，古树上青霄。
瀑落珍珠散，泉流玉蕊飘。
但求佳景地，何虑路途遥。

风潭古景

万亩风潭美，丛林一鉴清。
枝低纹水面，叶茂匿巢莺。
锦鲤荒蒲戏，奇芳野径生。
今临幽静处，忘却世人情。
（陕西风潭）

早春异感

二月春尝冷，花开四五枝。
银烟洇玉竹，翠柳吻清池。
雨细千芽秀，风柔万木奇。
无需怜粉蕊，把酒赋新诗。

老宅雅趣

旧舍多高竹，篱边满菊花。
青藤新叶茂，绿树老枝斜。
狗崽嬉家雀，鸡雏逗野鸦。
诗词堪会友，煮酒慢烹茶。

早春独游

碧水八方来，平湖一鉴开。
柔风熏绿柳，细雨润红梅。
鹭憩近船尾，鱼嬉远钓台。
春寒犹未尽，野径独徘徊。

夏雨滂沱

墨浪暗天西，苍穹万箭齐。
云烟连作障，雨水汇成溪。
岸柳珠帘坠，池荷玉伞低。
谁怜行路者，目乱使人迷。

春润二月

春熏二月天，粉蕊落阶前。
水浅鱼嬉影，池清柳吻泉。
梅红迷鸟雀，竹翠漫云烟。
杏润诗词赋，桃花作酒钱。

微山湖夏景

夏日微山秀，菖蒲伴藕香。
鱼浮银镜暖，蛙坐玉盘凉。
水阔渔船荡，天高野鹭翔。
清波环绿岛，自是一村庄。

闲居雅趣

屋后连阡陌，阶前树拂云。
烹茶观鸟雀，舞笔弄诗文。
醒酒清风入，听歌粉蕊熏。
往来皆雅士，志趣自氤氲。

人在红尘

万事不由己，人生可奈何。

阳光天下少，陷阱路边多。

应笑台前舞，还悲醉后歌。

红尘才悟透，夕日落山坡。

深夜赋诗（中华通韵）

夜半空屋静，孤灯散冷光。

寻词难为韵，炼字不成章。

鸟宿风摇树，帘开月在窗。

痴心谁可似，自叹应无双。

二月伤怀

二月浮云淡，寻春向柳枝。

伤情怜杏早，叹恨怨桃迟。

细雨沾衣袂，清风乱发丝。

谁知群鸟语，把酒赋新诗。

偶入幽景

盛景人踪少，临之亦偶然。
红花浮碧水，绿树映清泉。
曲径隐萋草，孤亭罩冷烟。
群山环绕处，异岭入云天。

飘来的桃花

何处桃花瓣，飞来我院中。
春风如有意，愿做老殷功。

（崔护，字殷功）

看戏有感

五尺方台道古今，酸甜苦辣剧中吟。
装男扮女真还假，世事都从戏里寻。

诗心朦胧

酒伴诗心一醉同，千头万绪句难工。
秋风又乱朦胧雨，半入清波半在空。

中秋感思

又是秋高气爽天，因何雾重雨连绵。
提杯品茗窗前立，眼望苍穹盼月圆。

中秋感怀

幼小唯馋月饼香，成年举首恋蟾光。
如今一切无心想，玉兔烹烧伴酒觞。

理想幽居

最爱栖幽地，周围种碧桃。
清溪环素宅，曲径入蓬蒿。
早晚沾芳蕊，春秋晒锦袍。
宾朋堂上坐，把酒论风骚。

秋天随笔

绿色随风淡，枯黄满目飘。
骄阳催夏浪，飒气恋秋潮。
有意留芳蕊，无心入冷宵。
人生诗一首，把酒自逍遥。

秋日闲吟

谁恋秋风爽，闲吟独老翁。
浮云游薄暮，冷月照飞鸿。
客里人无异，杯中酒亦同。
时光涂鬓发，对镜笑匆匆。

中秋夜望月独思

夜静茶凉透，苍天望月圆。

蟾光涂冷露，树影绕寒烟。

寂寞腮边泪，凄然指上弦。

诗词今欲觅，意乱不成篇。

望月感怀

孤身酬满酒，明月送秋波。

我问寒宫兔，谁怜碧海娥。

星辰皆冷漠，桂树总婆娑。

泪洒青衫上，哀仙恨亦多。

金山传说

碧海云天空复空，群仙常聚此山中。

谁知多少仙人洞，遍地红芳总向东。

巨野金山

一山起伏伴麟眠，雾气朦胧聚众仙。
玉兔金牛居异洞，龙龟蝙蝠跃奇巅。
寺中钟鼓咚咚响，观内云烟袅袅旋。
刘贺当年心爱地，秦王憩处美名传。

登白虎山天桥

横贯东西架彩桥，登临恰似雾中飘。
深渊碧水波光闪，已有三魂荡九霄。

游白虎山天池遐思

池清如碧玉，明镜入莲台。
日丽秋风爽，仙姿自会来。

秋夜独赏

夜静凄风冷，秋高月影清。
单衣沾露重，倦目看霜轻。
谁念丹心苦，何添白发明？
更深多寂寞，唯有雁哀鸣。

春夜幽景

长天明月远，遍地落银霜。
细水润花笑，微风拂蕊香。
桃枝扶短竹，杏瓣跃高墙。
夜静无纷扰，诗词腹内装。

种花自乐

栽花庭院内，乐趣一人知。
但愿朝阳早，还留夕日迟。
红黄蓝白色，媚傲秀端姿。
素椅清茶足，时常有妙诗。

秋雨后

雨盛池唐满，田间可进船。
蛙鸣惊夜鸟，树静唱秋蝉。
晚雾浸寒露，朝霞映冷烟。
农人何所盼，举目望南天。

山村晚景

晚日散清辉，轻烟笼翠微。
孤鸦寻伴去，紫燕觅餐归。
树上鸣蝉瘦，塘中锦鲤肥。
山村天易变，转瞬雨霏霏。

秋叶独思

水面秋风冷又清，残阳落处鸟群鸣。
何愁酷露淋霜鬓，自有寒窗伴夜莺。

春　柳

细雨蒙蒙染绿春，东风舞动万丝新。
如今岁月云烟上，谁是当年插柳人。

秋　夜

苍幕孤星伴月盈，街灯暗弱夜风清。
枝头宿鸟联拳静，似有秋虫远处鸣。

异乡秋月夜

云里时闻归雁过，长空悬见一珠明。
秋风萧瑟吹黄叶，夜露晶莹坠紫荆。
江面行船波欲起，岸边静树雾还生。
灯光闪烁谁人处，独望孤星意未平。

金山野牡丹

金山异蕊映青云，浓淡还需早晚分。
你解梵音千万语，芳香艳态自临君。

雨　后

大雨初晴水漫溪，珍珠满缀树枝低。
琼浆已助禾苗壮，唤醒新芽破老泥。

异乡伤怀

少小飘零在异乡，而今已是满头霜。
当年洒下伤心泪，化作寒冰骨肉凉。

傍晚孤鸟

何来孤鸟失原群，独落窗棂被夕熏。
本欲近前施美意，惊鸣振翅入浮云。

修身养性

不薄今人惜古人，谦和礼让必为邻。
诗词歌赋琴棋画，美酒香茶远俗尘。

茶余诗话

诗文怎可越唐风，免笑先人字未工。
异域时空难一律，谁能破浪海洋中。

飞来的小鸟

雏莺何故落窗台，二目如珠不好猜。
是否飞禽知我意，今天离去再回来。

秋　殇

九月秋高看雁翔，霜凝夜露菊花香。
谁知落叶听风雨，半是萧条半是伤。

秋　晨

夜露连霜湿雾尘，曦光映照菊花新。
风清路阔大街静，相挽谁家白发人。

松

出群本异岸边柳，傲雪凌寒胜竹梅。
老盖阴浓千载意，山巅石壁任人栽。

霜寒夜静

月冷北风高，霜寒染鬓毛。
枯枝栖倦鸟，白雪落蓬蒿。

早春夜雨后偶作

昨夜风声寝未安，春晨雨色带微寒。
黄鹂并坐低檐暖，麻雀孤鸣小院餐。
杏树枝头芳蕊少，天空霞处淡云残。
无人愿近凄凉景，独赏青藤上竹栏。

春风扰梦

雨细草萋萋，飞花半入泥。
春风何扰梦，鸟在绿枝啼。

老来有乐

年高意懒淡虚名，只与诗词独有情。
仔细推敲文不废，精心斟酌句还成。
同堂客友多儒士，满座宾朋少白丁。
酒里乾坤波浪大，壶中日月四时明。

深　秋

万木萧条落叶残，青藤一夜老围栏。
枯槐缀露堪忧冷，弱柳经风最惧寒。
细雨如丝沾雁翅，阴云似幕暗山峦。
镜中两鬓秋霜染，无虑佳肴伴酒餐。

深秋感怀

心思只觉在青春，未感秋霜落满身。
爱子始成而立汉，娇妻已是老夫人。
槽头勿恋千条路，梦里尝留万木新。
诗酒为朋茶做友，无忧两鬓发如银。

心净无忧

修身不怕病侵凌，心净无忧白发增。
万水渺茫归大海，千山奇秀跃鲲鹏。
避开天外春秋雨，守护胸中日月灯。
夜览星光斟美酒，晨观鸟雀上青藤。

夜深饮归

霜黄碧柳暮鸦栖，醉饮归惊鸟雀啼。
皎皎一轮天上月，淙淙两道路边溪。
近前躲去独行犬，远处传来报晓鸡。
半百难如年少酒，担心最是老夫妻。

人情如烟

人生怎可忆当年，好比欢欣一晚筵。
兴尽如花随碧水，情凉似雪落寒天。
心仪总在红尘里，意淡都于白发前。
古往盟言皆涕泪，阳光过后是风烟。

痴情怨

浪里浮萍水上鸥，风风雨雨几春秋。
曾经信誓留心底，过往云烟远阁楼。
似漆如胶终失愿，虚情假意总添愁。
而今已是霜遮面，唯有红尘覆冷丘。

观燕伤怀

风摇绿柳又阳春，紫燕归来可为邻？
旧日曾经堂上客，如今已是路边人。
君能异处巢新室，我却同门托俗身。
自古飞花迷醉目，痴情总会泪沾巾。

秋叶遐思

霜浓露重夜风寒，满目萧条落叶残。
冷水浮舟云里坐，春花惹眼梦中看。
枯枝可恋黄莺舞，画栋难留紫燕欢。
老酒甘醇怜白发，醉扶绿竹倚雕栏。

夜饮归途伤怀

夜静人稀脚步轻，蹒跚却扰宿鸦惊。
村头尝有孤灯亮，天际还悬半月明。
体倦才知新被暖，腹饥更恋老妻情。
多年劳碌用心少，自是伤怀愧意生。

再过乡村访老丈伤怀

去年今日到乡村，老丈扶藜倚此门。
未见慈容陪晓露，却留锈锁映黄昏。
秋风落叶言悲讯，野草荒丘掩惨魂。
万里冰霜遮眼目，心如棘绕泪倾盆。

中秋情思

万里婵娟寄相思，人于痛处最情痴。
秋风欲拭嫦娥泪，待到晴空月满时。

立冬偶成

绿瘦红衰秀色贫，匆匆岁月不由人。
寒霜冷露迎冬至，有酒无需恋暖春。

秋夜独思

雁过霜天冷月清，窗前断续夜虫声。
鸡鸣竹架枯藤动，犬吠柴门倦鸟惊。
云里孤星朝北走，风中老树向南倾。
更深墨尽难成赋，枉费人生一片情。

壮志随风

刀枪入库志随风，笑赏西天一片红。
唯有诗词堪伴酒，再无豪气论英雄。

静夜随想

窗前半月挂帘帏，但见流萤绕眼飞。
腹内词穷诗句少，胸中韵缺仄平稀。
茶烹夕日添晨露，酒煮朝阳弄晚辉。
对镜何需愁白发，秋贫绿叶菊花肥。

神交唐朝诗人

李杜邀余去聚餐，孟郊贾岛好心欢。
乐天摩诘洗银盏，梦得文房摆玉盘。
张祜浩然将酒敬，昌龄高适把茶端。
诗词歌赋行新令，醉卧堂前日上竿。

晚秋雨后抒怀

露冷霜寒昼夜凉，秋风已是透衣裳。
天空又落潇潇雨，篱下还飘阵阵香。
夕染云霞开锦绣，烟熏竹叶奏笙簧。
时光不惜春花老，异景何须总断肠。

小院雅趣

小院清幽满绿荫，宾朋有兴喜光临。
还沽美酒论诗意，再备香茶款客心。
笑伴花间黄蝶舞，歌随树上白头吟。
红尘以外无忧虑，自恋何需琐事侵。

深秋即事

槽边老马欲何求，日落西山月上楼。
冷露常沉鸿雁翅，寒霜总打菊花头。
飘飞倦鸟惊风雨，跌宕航船逐浪流。
借问明朝心所向，且拿宝剑换貂裘。

初春早景

岸柳经冬二月青，风中秀发散芳馨。
游鱼不受垂纶钓，憩鸟孤鸣碧水听。
杏蕊含苞何日破，桃花坐蕾几时醒。
迎春篱下戴金甲，喜看晨晖照画屏。

夏至小趣

时逢夏至夜初长，阡陌禾苗逐日光。
蛙唱塘中多积雨，蝉鸣树下好乘凉。
蜂寻万里攒芳久，燕觅千溪拂户忙。
相聚庭前何所事，鸡臋伴酒话柴桑。

深秋夜雨

银霜玉露满池塘，夜半浓云隐月光。
梦里潇潇珠雨乱，床头袅袅菊花香。
枯荷慨叹随风转，宿鸟惊鸣伴叶翔。
枕上心忧无限事，朝怜万木谢残妆。

傍晚春思

西山落日映西东，半在楼前半在空。
点点芳魂还满地，翩翩粉蕊又随风。
春秋冷暖分先后，早晚阴晴有异同。
今赏桃花千万朵，明披清露送飞鸿。

观金山大佛字

大海苍茫总向东，红尘起伏九州同。
参明佛意千烦过，悟透禅心万事空。
野径山花撩俗眼，庙堂梵语逐清风。
香烟缭绕玲珑塔，都在凡间一望中。

暮春晚景

残阳落在暮云西，草染溪流野径迷。

淡雾朦胧湖水畔，轻烟缭绕竹林堤。

桃花似锦风缲出，柳叶如眉雨剪齐。

莫道黄昏多寂寞，归巢鸟雀放声啼。

往事怀思

秋天老树念东风，白首无言往日功。

跌宕波涛惊浪里，蹒跚荆棘瘴烟中。

心知冷暖常温酒，意感酸甜故做鸿。

汗浸勋章还闪烁，何忧夜露上梧桐。

自　嘲

性情放旷一闲翁，喜弄诗文近钓童。

春暖花开观戏蝶，秋寒叶落送归鸿。

人言腹藏古今酒，自恋胸怀李杜风。

野马无缰天地阔，心清意醉与谁同。

秋夜望月遐思

霜凄雁唳望长空，夜半冰心守月宫。

我惜蟾姿消永日，谁怜桂影对秋风。

奈何早晚垂青泪，且待盈亏束碧笼。

当悔灵丹生古恨，如今应羡钓鱼翁。

观莲遐思

千竿翠绿一池红，玉液虚凉映碧空。

琥珀杯深皆是酒，水晶伞阔不藏风。

佛心苦度锦囊里，禅意香飘沃土中。

婀娜仙姿谁眷恋，闲抛感慨古今同。

春晨观竹遐思

玉竹娉婷沐晓风，轻烟缭绕韵无穷。

仙姿正幸瑶池内，道影才临法坐中。

月笼花丛多又少，弦飘天外异还同。

霜前未阻枝流翠，雨后新芽向碧空。

世外幽宅

素院幽居四处通，黄芦苦竹蔽天空。
鸣虫隐在颓垣下，戏蝶飞于蔓草中。
树上蝉衣含晓露，枝间雀羽带晨风。
胸怀自有诗词赋，淡饭粗茶酒满盅。

登故楼感怀

曾经素舍暮楼空，只惜而今入望中。
汗渍浅深沉旧梦，灰尘重叠掩飞鸿。
愁丝万缕窗前雨，叹恨千层瓦上风。
目断故人何所去，秋霜再次老梧桐。

登故楼伤情

曾是灯光照暖宫，如今淡雾逐飞鸿。
丝连廊柱人踪灭，尘覆楼台笑语空。
篱后自伤残菊露，塘前独叹败荷风。
痴心总被无情忘，帆断江流入浪中。

游昌邑古城遗址感怀

（一）

故国宫墙已不同，阴阳两处路难通。
楼台悉掩三霄露，歌舞都随五夜风。
流水波沉醇酒暖，长天月暗烛灯红。
如今凭吊多哀叹，过往云烟野草中。

（二）

王侯古郡已生蓬，兴替都如雁与鸿。
壮志难酬云蔽日，雄心未竟雾随风。
繁华荡尽归黄土，富贵无存入草丛。
曲直是非谁可定，任由后辈说评中。

（三）

城墙已与暗流齐，万古荒凉日落西。
凤阙深埋秋草绿，宫灯泯灭野乌啼。
荣华似雾随风远，权贵如云逐水低。
旧梦谁人能破解，繁花凋尽化淤泥。

秋　殇

望断长天雁与鸿，残秋着意覆幽丛。
菊花默默含清泪，竹叶萧萧透冷风。
雾笼枯塘鱼影尽，寒侵老树雀巢空。
休言草色无情义，碧海苍茫永向东。

秋夜伤怀

萧萧落叶送飞鸿，只恨秋来一夜风。
玉兔杵挥丹桂下，嫦娥泪洒月宫中。
霜侵野径行人尽，露灌寒巢宿鸟空。
倦客独愁千里路，孤灯对影与谁同。

夜经野外孤院

天浮残月树摇风，野外孤门院已空。
鸟雀栖巢人影绝，槐花尽落草丛中。

牡　丹

谷雨来临益暖风，牡丹花放叶成丛。
莫言艳态惊群目，富贵贫寒总相通。

湖边翠竹

湖光映照小城东，景色参差各不同。
最爱溪边千棵竹，娉婷倩影碧流中。

初　春

桃花正欲破苞中，静卧枝头待好风。
莫道天寒颜色淡，春光不与四时同。

睹物伤情

梧桐树在凤巢空，独自伤怀野径中。
手植红桃花正艳，可怜粉蕊任春风。

名利如烟

人生万事总无穷，走出阳关尽是空。
利欲如烟终散去，何须暗箭上强弓。

寒夜独处

寒霜入夜伴西风，落叶飘飞冷露中。
老树南枝栖倦鸟，云烟深处月玲珑。

谒金山秦王避暑洞

日出西行又复东，春光转眼到秋风。
秦王别去今何在，只有金山一洞空。

雨后荷塘

雨后荷塘映彩虹，珍珠滚动玉盘中。
群蛙共舞歌声起，鱼跃莲台出水宫。

酒醉感怀

杯盘狼藉酒瓶空，醉卧床头月出东。

莫怪刘铃成笑柄，谁人不在俗尘中？

桃花趣

我种桃林小院东，春来粉蕊满枝红。

开餐欲饮无佳味，一片飞花落酒盅。

春雨即景

春风直向西，鸟在柳枝啼。

细雨轻如雾，桃花半入泥。

雨中即景

好雨益新竹，梨花落满溪。

无人知鸟语，何故望空啼。

傍晚即景

日落暮云低，风清鸟雀啼。
香飘无觅处，但见草萋萋。

野外即景

岸上黄金柳，溪边燕子泥。
新芽滴翡翠，竹叶隐山鸡。

雪野即景

田间戏野鸡，雪地过新蹄。
径僻翻枯草，风凄柳拂堤。

春早奇趣

（一）

落地乌鸦上树鸡，无缘相对仰头啼。
可怜戏蝶寻芳远，最爱吟蜂带蕊低。
淡雾晨霞催露尽，轻烟旭日映花迷。
筑巢燕子辛勤早，翅染清风到柳堤。

（二）

雾重竹枝低，林深鸟雀栖。
游鱼无觅处，雪覆路边溪。

春晨即景

晓雾千株树，春烟十里溪。
花飞无觅处，落入草丛迷。

夏夜即景

月出柳墙西，星攒夜幕齐。
溪宽芳气远，露重紫云低。
北岸游鱼乱，南枝倦鸟栖。
秋蝉吟晚韵，草径使人迷。

夏晚寻蝉

日落柳林西，蝉鸣鸟雀啼。
欲寻知了狗，露坠绿枝低。

种豆晚归

种豆城郊外，催归日已西。
无心枝上鸟，任便尽情啼。

鸟语花香

月季撩群目，香薰戏蝶迷。

无风花自落，勿扰鹧鸪啼。

傍晚春色

日落鸟归栖，芳菲覆路迷。

花明春草浅，云淡暮天低。

秋夜望月

蟾宫未可跻，桂影冷凄凄。

望月何伤感，风清夜鸟啼。

清明忧思

雾染清明雨，桃花落满泥。

忧思何所寄，晓梦托黄鹂。

深秋孤巢

霜遮夕日树枝低，露湿寒巢暮鸟栖。
夜静风清残月冷，凄声不似去年啼。

溪边新柳

雪尽新栽柳满溪，鹅黄初上碧丝低。
秋来绿梦惊风雨，叶落枯林半入泥。

残春感悟

残花南北复东西，几处芳馨几处凄。
好景常来还易去，人生之路有高低。

巨野永丰塔

古塔玲珑八十梯，登临极顶水波低。
湖光映照仙姿秀，鸟雀翩飞绕户啼。

春夜赋诗

夜静人稀梦不成，诗心未尽意难倾。

花前月下杯中酒，半是春风半是情。

一夜风霜

昨夜秋霜三万里，今朝菊蕊泪千双。

谁怜落叶留归雁，唯有寒风入北窗。

溪边春柳

岸柳新枝碧影齐，风中秀色被春迷。

青丝万缕如飞瀑，半掩桥头半掩溪。

雨过天晴

雨过天晴水满溪，珍珠闪烁柳丝低。

寻虫燕子沿荒径，树上还听鸟雀啼。

溪边小景

两岸葱葱竹，中间浅浅溪。

春肥长长草，夏湿弹弹泥。

戏蝶时时舞，娇莺恰恰啼。

栅栏圈圈畜，淡雾笼笼鸡。

傍晚秋色

水足人烟少，溪边任草萋。

田间青雾淡，旷野白云低。

露薄茅花乱，风轻谷穗齐。

红霞何处美，落日染天西。

野外秋色

梧桐才落尽，阡陌麦初齐。

雁叫云天外，鸡鸣野径西。

霜遮新菜地，露染旧桃溪。

爽气催黄叶，风飘满柳堤。

望秋伤怀

兔走霜田印四蹄，溪边垂柳蘸秋泥。
朝开雾帐松枝暗，夜覆银沙竹叶低。
列队归鸿由早晚，孤单倦鸟任东西。
奔忙怎料生花发，镜里才惊泪眼迷。

他乡伤怀

久别故乡土，身披异地泥。
朝沾晨露冷，晚浴暮云凄。
梦里亲人语，窗前倦鸟啼。
谁言蟾影共，总是不同栖。

位卑无忧

看惯鸭鹅鸡，无言草舍低。
朝霞升柳岸，夕日落花畦。
贵鸟寻高树，卑虾恋小溪。
平民拘束少，来去自东西。

人生

抚琴夜思

欲寄情思五十弦，何来夜雀叫窗前。
婵娟有意天涯共，怎奈星稀月未圆。

春天晚景

芳丛无意落，鸟宿日沉西。
雾笼千株柳，烟飞万股溪。
梅花沾露艳，杏蕊遇风低。
阡陌新芽嫩，皆依二月泥。

深秋拾趣

秋湖碧水接云霓，落叶随风入草迷。
众雀齐飞林雾动，群莺共憩竹烟低。
残荷更恋诗词句，新菊还需韵律题。
雁阵无缘天上月，霜田字谜问山鸡。

麟州郊外踏春

麟州郊外探春迷，冬麦芽分碧叶齐。
蔓草初生蝴蝶舞，繁花半谢杜鹃啼。
风吹淡露沾新竹，水泛清波绕古堤。
野径人稀常落雀，临湖但见燕衔泥。

雨后新竹

春来雨后发新丛，笋壮还凭旧竹功。
影撒金钱枝透月，声扬玉屑叶摇风。
晨曦笼罩烟波碧，暮霭朦胧露点红。
志士折腰人敬仰，高风亮节雪霜中。

春雨如烟

溪流渐暖草萋萋，旧竹新芽野径迷。
细雨如烟熏上下，轻风似线绕东西。
花含玉露蜂来舞，蕊散芳香鸟自啼。
待到云开红湿处，珠沉柳叶绿枝低。

三月春色

三月湖清浪欲齐，丝绦映日入长堤。
鱼沉冷水溪流静，露坠青枝鸟雀啼。
舍后芦芽沾旧土，房前竹笋恋新泥。
皆言花瓣如飞蝶，粉蕊随风扰眼迷。

湖畔雨中春景

桃花带雨总凄凄，半入春风半入泥。
雾笼清波寒未尽，烟熏翠柳叶初齐。
蜂登粉蕊金沾翅，鸟上新枝玉染蹄。
锦鲤抬头追暖日，珠含寸草满湖堤。

湖边春晨

燕翅时同水面齐，湖边野径草萋萋。
花迎旭日含春露，蕊散晨风入竹溪。
蝴蝶不知何事舞，黄莺似是向天啼。
霞光欲镀朦胧色，缕缕轻烟绕柳堤。

春天风景美

群芳艳影映清溪，柳绿桃红惹眼迷。
燕子筑巢还出入，蜜蜂采粉复东西。
风吹玉蕊蝶沾翅，露染青藤鸟湿蹄。
最喜湖边春草色，天浮碧水白云低。

春天趣事

风摇细柳杜鹃啼，芳草无情独自迷。
日影波浮金翅鲤，梨花蕊染黑毛鸡。
篱边旧蔓攀墙角，畦内新芽穿燕泥。
可叹蜜蜂何所事，辛勤昼夜复东西。

中秋聚友谈诗

花前月下好光阴，聚友谈诗把酒斟。
莫道霜催人渐老，腹中仍是少年心。

春晨赏景

风柔露重草萋萋，雾笼清波柳拂堤。
满院花香熏客醉，一轮日暖照莺啼。
红桃婀娜招蜂戏，翠竹青葱使路迷。
笑赏畦间蝴蝶舞，门前喜看燕衔泥。

湖边夏景

红花绿树谢芳蹊，竹影参差入碧溪。
淡雾朦胧沾燕翅，轻烟缭绕漫湖堤。
波藏锦鲤嬉莲瓣，柳荫苍苔上石梯。
夕日金晖涂染处，蒿侵野径使人迷。

春满桃园

桃园春意满，蝶舞鸟声清。
笑语花丛出，柔情伴落英。

寒夜抚琴

抚琴寒夜静，孤月对窗明。

雁去霜天外，徒留凄切声。

琴　语

瑶琴弦有意，韵律亦含情。

纤手常挥弄，谁人懂此声。

早　春

柳眼初开依暖风，春光何故总朦胧。

莺啼尽惹芳心动，欲伴桃花树上红。

游长城伤怀

万里长城美，千年雪雨声。

雄风今亦在，未见古人名。

深夜忽雨

夜伴孤灯梦不成，窗棂骤响扰心惊。
掀帘眺望无奇客，唯有潇潇风雨声。

诗配画《春意浓》

阳光着意绘芳丛，燕舞莺歌入画中。
白李红桃迷醉目，黄花伴我笑春风。

春天情缘

细雨轻柔不必惊，春风有意自多情。
桃花未语含珠泪，顾恋红尘又一生。

名利如烟

算尽机关意不平，伤天害理为功名。
谁人可免霜前客，争破头皮也一生。

夜雨惊梦

孤灯灭复明，辗转梦难成。
何故窗前乱，潇潇夜雨声。

秋夜独行

料峭秋风起，凄凉倦鸟声。
衣单身上冷，戴月踏霜行。

夜　孤

夜静孤灯暗，云轻无月明。
西窗多寂寞，唯有小虫声。

幽景垂钓

垂钓临溪坐，芳花绕岸生。
枝繁藏鸟语，草茂隐泉鸣。

山中古城

绿树葱茏绕古城，烟轻雾淡细流清。
花浮碧水穿林去，隔岸鸡鸣四五声。

二月春风

最是痴情二月风，枝头吻过入芳丛。
轻描淡写河边柳，再染桃花满树红。

春风有意谁人知

紫燕无端剪柳丝，春风有意与谁期。
情真且恋桃花美，怎奈行人笑我痴。

窗前夜风心未惊

窗前叶响未心惊，月漏疏枝暗复明。
久在乡村寒舍住，惯闻夜雨伴风声。

春天不了情

蝶舞蜂吟百鸟鸣，深知白发额前生。
春来旧梦常临枕，似与桃花未了情。

春夜赏景

庭前小径觅芳丛，乱发还忧树上风。
欲诵新诗惊宿鸟，繁花醉目月朦胧。

桃花依旧

桃花依旧笑春风，往日今朝各不同。
玉蕊无芳千万里，寒香入梦托飞鸿。

悲　秋

冷露催黄叶，霜天孤雁鸣。
秋风无有意，只作断肠声。

南王庄石头寨巷口老槐树

巷口老槐树，因何斜向东。
世人名一景，便可笑春风。

院里桃树

院里红桃树，芳花开满枝。
群蜂来又去，正是粉飞时。

春天独饮

花开人未赏，把盏自多情。
酒淡寻佳韵，房梁燕子鸣。

春晨雨晴

天明雨渐晴，桃蕊散麟城。
未见踏春者，时闻鸟雀鸣。

秋夜风雨

老树挂风声，孤灯远处明。
窗前秋雨冷，偶尔拂帘惊。

看开人生

跌宕人生路，贪图利与名。
长城今尚在，未有始皇声。

红尘之外

紧闭门扉懒送迎，诗词伴酒养幽情。
花开叶落且需赏，夜半雷鸣心不惊。

又是桃花开

又是桃花开满城，无言相对百忧生。
他年人面今何在，枉费曾经一段情。

咏菏泽牡丹

金枝玉叶绽芳丛，国色天香谁与同。
艳态雍容沾夜露，娇姿雅懿沐晨风。
从来仰慕多骚客，自古倾情富画工。
欲览花魁何处去，曹州盛会趣无穷。

秋夜老翁

欲赋新诗句未工，轻烟撩目意朦胧。
廊前倚柱伤秋雨，灯下开窗悲夜风。
冷露还沾黄叶树，寒霜又上紫兰丛。
平生眷恋杯中酒，自命多情一老翁。

党的二十大召开感怀

十月金辉喜报传，神州逐梦谱鸿篇。
千秋伟业小康路，万代丰功大国天。
继往开来刀出鞘，与时俱进箭离弦。
前程共绘山河美，再借东风驶巨船。

摇落春光

摇落春光花自红，无需杨柳盼东风。
多情总是伤心泪，可惜都随碧水中。

白发感怀

五十年来世上行，披荆斩棘得浮名。
而今对镜猛惊叹，满面风霜白发生。

春天情殇

新诗好赋句难成，面对春风怨恨生。
怎奈桃花无意落，可怜骚客总多情。

夜雨入梦

凄风冷雨扰魂惊，乱入窗棂梦不成。
此夜无言空寂寞，孤灯伴影到天明。

春晨小景

花含玉露草含情，少女裙裾吻落英。
曼舞轻歌还笑语，风飘粉蕊鹧鸪鸣。

题图诗《白果晚秋》

黄蝶舞匆匆，金鳞满地同。

痴情怀恋处，霜下待春风。

夏夜雷雨

昨夜惊闻雷雨声，今朝露重已天晴。
谁知碧水深如许，湖面清波与岸平。

秋晚听雨

欲觅新诗久未成，轻烟撩目自伤情。
秋阴鸟雀归来早，斜倚西窗听雨声。

无需伤情

雁去无需泪水盈，路边野草自枯荣。
风吹落叶莫惆怅，未必花开皆有情。

人生定数

霜寒露冷不伤情，尽管春光亦落英。
四季轮回皆定数，谁能阻挡月亏盈。

题图诗《夜幕下少女》

风吹绿叶露沾身，夜幕苍茫悬玉轮。
少女有心非赏景，田边翘首等何人？

夜雨晓晴

夜雨如丝晓复晴，惊消残梦怨黄莺。
窗前新竹花边泪，化作痴情弦上声。

春夜赋诗

欲赋新诗闻夜莺，窗前竹影拂云平。
举杯且向桃花醉，聊戏春风弄月明。

浮生如是

花开叶落叹浮生，昨日如同梦里行。
汗水勋章皆过往，诗词伴酒听莺鸣。

桃花有情风无情

道是无情似有情，满树桃花向谁生。
春风不助群芳久，溪上清波笑落英。

菊

怒放东篱如散金，香寒锁梦到秋深。
娇姿婀娜招蜂醉，艳态娉婷引蝶临。
不许虚情欺傲骨，但求诚信慰痴心。
无关世上云舒卷，笑对红尘晴与阴。

观菊遐思

笔下灵犀总不穷，千言万语向篱东。
风霜雨露诗词里，利欲功名梦幻中。
举目观天星闪烁，低头看水月朦胧。
洞明世事心情爽，哪管花开几日红。

恋菊之品

清风送爽更金黄，露冷霜寒散暗香。
艳态娉婷惊众目，娇姿婀娜恋秋光。
不图富贵生贫土，但借雍容入雅堂。
品伴梅兰松竹韵，骚人敬仰赋诗章。

咏 雪

晓雾连天暗小城，飘飞玉蝶更轻盈。
仙姿婀娜瑶台舞，鹤态蹁跹霜地鸣。
心系梅花情有色，意依竹叶爱无声。
精魂日后成春水，喜看来年草木荣。

赞石榴

我用诗词赞石榴，红绡剪碎挂枝头。
风吹火焰蜜蜂醉，露染霞光蝴蝶羞。
满腹珍珠藏日月，一腔热血隐春秋。
荒田野径房檐下，耐得清贫不说愁。

窗前石榴

满树榴花于舍前，如绡似火映红天。
透窗倩影陪来客，附枕清香伴入眠。
品酒观蜂寻韵律，烹茶赏蝶弄丝弦。
逍遥放荡无拘束，敢笑蓬莱坐上仙。

槐　花

千枝翡翠伴鹅黄，暮暮朝朝散异香。
恰似银蜂同起舞，还如玉蝶共飞翔。
霞光灿烂阳春雪，月色朦胧午夜霜。
曾是穷人锅里饭，而今走进富家堂。

柴门自乐

独处柴门近物情，黄芦苦竹绕墙生。
天晴众蝶篱边舞，日暮群莺树上鸣。
落叶萧萧惊晓梦，蛰虫唧唧报春声。
诗词会友堪为乐，淡饭粗茶酒自倾。

春日抒怀

万木荣苏雨乍晴，风扬翠柳水波明。
春芳烂漫看飞蝶，晓雾朦胧听啭莺。
院里红桃花始落，畦中绿韭土新耕。
才消冷气斜阳暖，初着单衣肢体轻。

洙水河公园静夜

麟湖景秀夜风清，树影朦胧似有情。
北挂七星浮水静，西悬半月映灯明。
歌声嘹亮惊飞鸟，舞步轻盈伴落英。
大野蓝天无限美，人民乐业事繁荣。

湖边踏春

春来漫步出麟城，秀色迷人耳目清。
杏蕊飘飞皆不语，桃花怒放独含情。
风吹金粉蜂身重，日照芳丛蝶翅轻。
白鹭盘桓何处去，湖边草绿水云明。

春郊景色美

麟城郊野散春晴，湖水平明烟雾生。
柳树枝条花欲绽，葡萄茎叶蔓初萦。
白鹅有意昂头叫，黄雀无因振翅鸣。
定是风光迷客醉，衣沾晨露踏芳英。

秋夜思往事

秋来总是意难平，往事如烟梦里萦。
月透破窗居室冷，风穿疏屋被窝轻。
墙边枯草孤虫叫，树上寒巢倦鸟鸣。
酒醉抚琴音律乱，谁人能懂断弦声。

秋夜独思

仰望银河怨恨生，倚窗独处接平明。
霜遮倦目忧思乱，露湿寒巢宿鸟惊。
篱下幽丛因雨发，枝头残叶遇风轻。
长天雁去无留意，月照楼台总是情。

春晨荷塘情

池塘岸上树荫成，荷叶如盘碧水平。
柳蘸清波千万点，莺啼绿竹两三声。
支竿垂钓云烟淡，击桨推舟雾霭轻。
玉蕊含情还滴泪，痴心一片向谁倾。

秋天观荷塘感怀

秋晨漫步绕池塘，满目苍凉触景伤。
雾湿枯枝承早露，风吹败叶映朝阳。
久无戏蝶寻新绿，偶有孤蜂觅野芳。
未必痴情随雁去，凭栏笑看菊花黄。

秋天伤怀

草木经秋绿变黄，蝉声无力更凄凉。
低头碧水波三叠，举首苍天雁一行。
淡雾披霜星冷色，浮云带露月寒光。
如今且惜杯中酒，留取伤情吊夕阳。

春天如画

日映红桃欲出墙，蜂吟蝶舞觅春光。
黄莺振翅云霄去，喜鹊低头地面翔。
柳带如眉全展绿，花苞似口半开香。
酒杯斟满谁陪醉，紫燕翩飞语画梁。

秋夜宜赋诗

竹影朦胧树影长，秋来只待好风凉。
窗棂时有飞虫过，小院还飘兰蕙香。
篱下幽丛含玉露，畦中绿叶覆银霜。
更深夜静无人扰，手把诗书看雁翔。

荷塘景秀

莺歌燕舞蝶飞翔，兰蕙葱茏遍地香。
荷叶轻摇惊翡翠，清波微动戏鸳鸯。
藤攀古树荫新竹，柳拂花堤缀夕阳。
水面云烟时聚散，傍溪野径九回肠。

微山湖夏景

初到微山意万方，湖边美景胜仙乡。
风清草劲飞黄雀，雾淡烟轻罩绿杨。
野鸭鹭鸶浮水面，荷花芦苇满池塘。
玉杯粒足由人采，吃罢莲蓬手亦香。

小院秋趣

树扯枯藤过短墙，烟熏竹影更苍茫。
阶前醉赋叶边露，月下闲吟草上霜。
赏景还凭菠菜绿，闻香应赖菊花黄。
此生不计名和利，但恋诗词伴体康。

洙水河公园夏景

碧水青莲映绿杨，轻烟淡雾更苍茫。
行观芳草芦芽短，坐看香花藤蔓长。
风动粼波移鹤影，日穿疏叶漏钱光。
黄莺觅食才飞去，怒放牵牛上竹墙。

小院陋室

绿草蓬蒿映众芳，青藤翠竹绕池塘。
菜畦叶茂佳肴美，庭院花开陋室香。
常有黄莺鸣玉树，时来粉蕊伴金觞。
春秋冬夏皆文赋，远近宾朋聚一堂。

春满小院

小院花开扑鼻香，风吹粉蕊满厅堂。
莫疑秀色映茶盏，自有春光入酒畅。
盘里异羞罗彩翠，杯中醇醴溢清芳。
诗词歌赋行新令，沉醉还惊燕绕梁。

早　春

柳树青丝含嫩黄，桃红李白竞春光。
一泓碧水吻芳岸，四面金梅依绿墙。
才去鸳鸯翻绣浪，新来燕子觅雕梁。
诗词欲赋暂无意，且放痴情入醉乡。

再登小楼

独上楼台意渺茫，寒霜冷露共凄凉。
风穿树冠嫌秋早，月挂天心恨夜长。
旧梦如花迷蛱蝶，孤灯对影羡鸳鸯。
皆言圆缺寻常事，自古多情总是伤。

春色怡人

金杯酒满对群芳，春色交融琥珀光。
松竹弄情皆学问，烟花惹目尽文章。
从来瑞草生贤院，自古芝兰入雅堂。
茶待宾朋诗做友，心宽不用怕秋霜。

春晨风景美

通幽野径绕池塘，鸟语催开百卉芳。
翠满枝头春未老，珠悬荷掌日初长。
霞披柳线金成穗，露缀梨花玉有香。
采粉蜜蜂还趁早，衔泥燕子映朝阳。

我的乐趣人不知

小院飘香竹荫廊，诗词伴酒好年芳。
身轻已避世途险，心净才怜春日长。
闲看落英浮草地，静观翠蔓上花墙。
儿孙绕膝乐无限，淡饭粗茶养胃肠。

游子秋夜

万里浮云望故乡，风吹落叶雾凝霜。
身单双目滴寒泪，夜静孤灯伴冷床。
鸟宿枯枝多怨恨，虫眠腐草独凄凉。
星稀月淡天将晓，唯见南飞雁一行。

脱离红尘独自乐

多年劳碌卸工装，老马槽头不自狂。
廊下听蜂观憩鸟，花前赏蝶看斜阳。
已离愁绪千层厚，且断情丝万里长。
谈笑往来寻雅客，吟诗品酒煮茶香。

心同野云

此心愿伴野云翔，耐得贫闲趣味长。
昨日难寻新景色，今朝不恋旧时光。
堂前煮酒独沉醉，廊下烹茶自品香。
练达人情皆学问，洞明世事即文章。

离情无需多感伤

万古离情多感伤，痴心总恋旧时光。
今朝野径生春草，明日枯枝荡夕阳。
半纸残笺存夙愿，一杯浊酒慰衷肠。
红尘之外新天地，赏尽黄花看雁翔。

野塘幽景

通幽小径草中藏，未到穷时闻暗香。
荷叶如盘装雨露，菖蒲似剑出池塘。
芦生水岸青锥短，柳映波心碧发长。
僻景荒凉人迹少，但能醉我一闲郎。

柴门春光更宜人

独守柴门看绿黄，花开婀娜戏春光。
谁知芳草情何限，但见青藤意更长。
回首且惊莺绕树，抬头尤喜燕巢梁。
蜜蜂蝴蝶忙如许，可否陪同醉一场。

白头莫忆少年狂

白头莫忆少年狂，面对西风意渺茫。
逝去光阴安复返，曾经红艳怎重芳。
秋天冷露湿枯草，老树寒枝映夕阳。
欲寄深情于烈酒，举杯望断雁南翔。

秋夜倦客

雾淡风轻旷野茫，羊肠小径绕池塘。
半天残月清光冷，一岸寒林枯叶凉。
树傍溪流由鸟宿，篱随藤蔓任花香。
谁知倦客心何处，浊酒孤杯望雁翔。

廉洁奉公为人民

祖国腾飞又创新，初心一诺为人民。
披肝沥胆献公务，养性修身求始真。
执法如山存远志，作风正派耐清贫。
冲锋陷阵何言险，廉洁恭谦怀德仁。

咏　廉

为官廉字不能忘，养性修身正气彰。
迷恋色财终试法，舔沾贿赂总撞墙。
割除欲望天边去，莫失初心腹内装。
勤政谦和谈奉献，披肝沥胆美名扬。

离情多感伤

落叶萧萧上断墙，孤星残月透寒光。
枯枝浊露雀巢冷，野径清霜菊蕊凉。
烟外村灯明又暗，天边飞雁顾还翔。
人生未有都如意，自古离情总是伤。

闲云野鹤自有乐

脱掉工装换便装，闲云野鹤任飘翔。
蒹葭有意傍莲藕，燕雀钟情入草堂。
树叶为篷遮地面，竹枝作画覆围墙。
常来雅客论词赋，陋室兰青花自芳。

早　春

东风拂面泛春光，岸柳垂条泛浅黄。
草地芽稀难出色，桃花蕾半未飞香。
河边渐暖消残雪，树上轻寒让太阳。
欲散郁情郊外去，奈何细雨湿冬装。

有情才有诗

有意寒冬亦暖阳，无情草木不文章。
诗词都赋新天地，韵律皆循老宋唐。
江海山川收眼底，星辰日月满心房。
春秋自是风光异，何虑银霜覆菊香。

春来小院菜更鲜

畦里春苗带露光，随时摘取我先尝。
金枝滴翠含新绿，玉叶流油泛浅黄。
海味忸怩休说好，山珍惭愧不言香。
慕名雅客多佳话，酒伴诗词各自狂。

小院早春

深院多余草树光，娇莺不语入回廊。
桃滋夜露寒芽翠，杏浴晨风冷蕊香。
绽放花心蜂肆虐，展开叶贝蝶疯狂。
庭前不恋诗词赋，闲看青藤上竹墙。

傍晚秋殇

树木凋零芦苇黄，西风冷露染秋霜。
湖中水满波摇影，岸上烟稀雾透光。
半截枯枝栖倦鸟，一行归雁锁残阳。
欲将心事付明月，谁去东篱赏菊香。

早春有景独自赏

冬去春来冷未央，黄梅偶放似星光。
风催杏眼初红树，雨润藤须渐绿墙。
飞雀结群房上落，流莺唤伴竹边翔。
尽收佳景成诗赋，谁与闲翁醉一场。

身居小院独自乐

两鬓青丝已染霜，无寻旧梦看残阳。
一壶老酒腰身健，半亩良田蔬菜香。
茄子辣椒遮石径，黄瓜豆角上篱墙。
春来桃李花千片，小院清幽独自芳。

春晨野景

绿水清波芦苇塘，初栽垂柳碧丝长。
蝶蜂竞逐黄莺舞，鸟雀争鸣燕子翔。
遍地草花遮石径，满枝藤叶覆砖墙。
晨晖洒下玫瑰色，玉露玲珑月季香。

大雪偶得

万树梨花玉作妆，地遮柳絮尽苍茫。
天边紫雾飘祥瑞，雪下红梅散暗香。
竹叶含情镶翡翠，松枝沉默戴琳琅。
月光今夜无颜色，断定嫦娥在素床。

家有薄田近书堂

薄田半亩近书堂，肥足锄勤地不荒。
果浴朝阳添异彩，花含夜露散奇香。
畦中美味由人采，桌上佳肴让客尝。
酒是情缘诗做友，春秋四季尽文章。

秋光明月夜

鸟宿寒枝午夜霜，孤楼远树更苍茫。
银河浩渺牵牛苦，碧海翻腾织女伤。
月照疏梧移鹊影，露沾枯叶湿萤光。
秋风有意谁能解，大雁南飞菊蕊芳。

傍晚秋色

秋来雁影落池塘，鸟雀归巢向夕阳。
荒草葱茏村径暗，野溪跌宕水波凉。
云连雾气花含露，风带蝉声叶染霜。
四季轮回皆定数，人生怎会不沧桑。

游三峡

峭壁悬崖阻夕阳，千帆跌宕暮云茫。
猿声已绝空山静，鸟影时飞碧水凉。
雾里朦胧灯火色，风中隐约野花香。
平常人道巴东美，今日才知巫峡长。

游昌邑国遗址

土掩城池野草荒，而今无处觅昌王。
楼台亭榭随风雨，宫殿园林化露霜。
枯叶如云遮翠瓦，蓬蒿似雾隐雕梁。
宏图大业缘何事，怎不终身恨霍光。

重阳节

中秋过后又重阳，独把茱萸插满堂。
冷雨无情桐叶落，清风有意菊花香。
鸦翎恋梦垂晨露，雁翅思归覆夜霜。
举笔轻言聊作赋，天边望断白云茫。

退休感怀

如今万事不思量，坐倚楼台赏夕阳。
作赋咏诗寻快乐，烹茶煮酒近癫狂。
头垂白发还言小，脚踏银霜未说凉。
笑口常开交雅客，芝兰幽菊满厅堂。

晚游洙水河公园

麟城北望碧流长，舞步歌声伴笛簧。
灯火通明河两岸，星光灿烂水中央。
风吹竹叶晴天雨，月照亭台夏夜霜。
石凳闲谈消暑气，花间漫步觅清凉。

秋夜感怀

迎面秋风倍感凉，而今岁月已沧桑。
身心不及炉中火，鬓发如同瓦上霜。
四季春归花渐少，一年冬至夜初长。
更深何惧房栊冷，酒伴诗书入梦乡。

早春独乐

应知齐鲁早春凉，独倚楼台赏暖阳。
数片落梅浮绿水，一枝新柳出红墙。
衣粘杏蕊题诗咏，手取藤条引酒尝。
虽已为翁心未老，今生不负好时光。

我有一个家

厨卫齐全两卧房，牡丹一枝挂东墙。
南窗纳日冬天暖，北户迎风夏季凉。
院有小桐才发旺，路临新竹不成行。
春来桃李花开艳，贫贱之妻比孟光。

春游微山湖

湖上微风拂面凉，漂浮菱荇满回塘。
渔船跌宕分春草，水鸟翩飞映夕阳。
苇叶有声垂雨露，浪花无际见潇湘。
可怜最是诗词客，腹内情丝万里长。

三月春景

时逢三月赏群芳，日透浮云散暖香。
草浴春风青靓绿，花含玉露白红黄。
莺歌柳后映溪水，燕舞庭前上画梁。
喜鹊筑巢寻旧树，老藤嫩叶欲攀墙。

秋天对饮

秋日花畦满菊香，风吹晨露带微凉。
主人待客情难却，行酒谈诗意未央。
一盏佳言还合韵，三杯妙语自成章。
宾朋兴尽皆归去，步履蹒跚沐夕阳。

醉言无状

五十韶华未为翁，疯言醉语众人中。
三杯老酒无伦理，一首新诗戏叟童。
有意粗茶留雅客，无心闹市看惊鸿。
欲寻美景知何处，把钓闲吟岸上风。

万物有情

秋来夜露伴寒霜，枯叶随风落满塘。
暮浴轻烟嫌手冷，晨披薄雾觉身凉。
篱边且赏幽丛艳，廊下犹闻玉蕊香。
万物无情还有意，缘何黄蝶附衣裳。

白头敢比少年狂

耐得清贫总要强，白头敢比少年狂。
雪侵老柏枝还绿，霜打寒松叶不黄。
莫笑秋蝉鸣大树，应知春燕上雕梁。
诗词歌赋结文友，妙语佳言学宋唐。

已是老年

岁月沧桑不逞强，已知未比少年郎。
雪侵杨柳枝难绿，霜打梧桐叶自黄。
偶有寒蝉鸣冷树，多逢昏鹊宿残阳。
迎风涕泪湿唇目，老镜时常上鼻梁。

青春无悔

莫言岁月太沧桑，但与青春醉一场。
鹤翅羽折同燕雀，松枝叶茂任风霜。
朝升雨雾看垂柳，暮透云烟见夕阳。
何处群芳能永久，秋来且赏菊花黄。

半生追梦

半生追梦不由衷，堪笑沧桑一老翁。
鬓发犹存今日异，初心未改此时同。
红颜悔教虚名累，白首徒悲皓月空。
酒伴诗书寻雅趣，斟词酌句韵无穷。

乡村四月天

乡村四月响惊雷，种豆栽瓜日下偎。
布谷不知粮价贱，声声总在耳边催。

回乡偶得

在外漂流几十春，而今已是鬓如银。
儿童不识谁家客，相问何来白发人。

春游金山

红黄白绿百花新，水秀山青自有神。
我羡春光如画卷，不知已是画中人。

赏桃花

红芳玉蕊万千枝，欲赏春风有几时。
我恋桃花人笑我，回眸身后竟同痴。

春天是女郎

皆言四季看青黄，我道春天是女郎。
桃蕾乍开如睡目，杏花欲谢似残妆。
朝迎细雨含珠泪，暮恋轻风落粉香。
百态千姿还善感，让人怎可不痴狂。

骚客自狂

忘却虚庚两鬓霜，梅兰竹菊挂厅堂。
多情自古花前叹，骚客而今酒后狂。
笔纳山川皆韵律，腹装日月尽文章。
风云雨露溪边草，放入诗词散异香。

傍晚闲情

绿叶蝉声伴夕阳，畦边始放夜来香。
还招暮蝶寻新彩，又引勤蜂觅晚芳。
鸟宿才临花径树，鸡栖欲上竹篱墙。
身无琐事陪茶盏，最喜孙娃绕膝旁。

秋景伤怀

雁去秋来满目黄，霜天始觉北风凉。
更深萤火映明月，夜静虫声绕暗廊。
窗外朦胧轻雾冷，篱边隐约菊花香。
银河水是谁人泪，两岸真情总断肠。

雨后春色

花开雨后露含香，草树无尘放紫光。
夕日朦胧云气暖，晚风荡漾柳烟凉。
蜂沾粉蕊沉芳翅，蝶恋幽丛湿霓裳。
时节催年春未老，何忧淡雾染残阳。

大暑感怀

似火如汤大暑天，树升紫雾水含烟。
鸣蝉何故催人老，转眼秋风送旧年。

小院赏春（中华通韵）

身居小院赏春光，油菜金黄杏蕊香。
日照花丛氤酒盏，风摇竹影透纱窗。
青畦常有蝴蝶舞，陋室时来燕子翔。
独恋诗词结雅客，无需琐事扰心房。

演　戏

前呼后拥帝王身，端坐朝堂斥众臣。
脱下龙袍归本色，才知只是剧中人。

小院春来早（中华通韵）

日暖春来早，风轻竹映窗。
花开千万朵，蝶舞两三双。
芳染蜜蜂翅，醇熏燕子梁。
畦中蔬菜美，先与客人尝。

深夜独饮 （中华通韵）

夕日归山去，楼台浴晚光。

孤灯何为伴，对影自成双。

爱恋新茶盏，痴迷老酒缸。

千杯无醉意，残月坠西窗。

小院春趣 （中华通韵）

小院春光美，啁啾燕子梁。

花香蜂绕树，日暖鸟临窗。

好菜依畦径，佳肴配酒缸。

人生何所趣，最喜抱孙郎。

人生苦短 （中华通韵）

疑是今朝仍暑光，谁知转眼到秋霜。

流连飞燕还拂水，疲惫游虫犹打窗。

露扰寒蝉说冷暖，风惊老树叹炎凉。

人生苦短沧桑路，且让诗词伴酒缸。

沐浴春风（中华通韵）

沐浴春风意未央，百花次第散芳香。
李迎夕日浓如雪，杏入朝阳淡似霜。
老柳垂丝犹蘸水，新藤开叶欲翻墙。
红桃也爱诗词赋，借与书房一扇窗。

小院独居（中华通韵）

种菜满园香，佳肴我自尝。
苔痕遮北瓦，树影荫南窗。
花艳观蝶舞，竹青看鸟翔。
诗词陪酒盏，无事抱孙郎。

秋夜独思（中华通韵）

秋风带冷霜，满眼尽荒凉。
欢乐常诗咏，忧愁易酒降。
对灯陪两目，望月守孤窗。
楼下清溪水，何时入海洋。

已是陌路

同城却似隔群峰，遥想当初泪几重。

霜冷易沾墙上草，雪寒总打涧边松。

虚情皆在名和利，假意何言淡与浓。

退避红尘归隐去，无缘他日再相逢。

无意红尘

雪覆冰封看劲松，芳香更觉老梅浓。

何年总是繁花貌，哪季全留满月容。

枯木安能栖彩凤，浅滩怎可滞蛟龙。

自知贫贱终无及，不管群山有几重。

有趣独享（中华通韵）

日暖花开艳，风清竹映窗。

品茶蝶伴舞，斟酒鸟来翔。

院圃芽苗壮，餐桌蔬菜香。

诗词寻雅趣，垂钓觅幽塘。

人生

月夜独思 （中华通韵）

欲赋不成章，孤灯伴酒觞。
凄风催北雁，落叶入西窗。
倦鸟披霜冷，哀虫浴露凉。
婵娟如有意，今夜共蟾光。

秋夜何伤情

独守孤灯暗，腮边泪一双。
伤情何处是，枯叶入西窗。

春晨杏花开 （中华通韵）

红杏花开早，芳菲入晓窗。
春风能识字，书案阅文章。

春天诗兴浓 （中华通韵）

春暖花开诗兴浓，佳言妙语似泉涌。
身无琐事多闲意，心有灵犀少躁容。
笔下蜂蝶沾雨露，文中鸟雀戏鱼虫。
眼前日月出还落，腹内江河碧水东。

养尊处优

旷野梧桐山顶松，鹤翔凤舞觅仙踪。
傍林古树栖飞鸟，近海深潭有潜龙。
腹缺烦肠滋好梦，心无旁骛养尊容。
梅花最恋隆冬雪，应是醇香老酒浓。

秋夜思故人

露重秋风冷，寒巢宿鸟降。
高楼连树影，斜月隐书窗。
篱下菊三朵，天边雁一双。
孤灯陪酒盏，唯念故人腔。

望月遐思

月挂西楼上，虚明小半窗。
谁人怜玉兔，夜夜泪成双。

秋夜独饮抒怀

试问情何物，登楼望五江。
星光伤冷目，雁影印寒窗。
且寄新诗赋，还依老酒缸。
三杯无醉意，涕泪自成双。

独　饮

夜饮谁人伴，灯前对影双。
三杯无醉意，残月入西窗。

半夜遇雨

神龙摆尾近三更，鸟雀无眠树上鸣。
独赏窗前珠串美，今宵何必盼天晴？

风雨春残

夜半风掀幕，黎明雨打窗。
开门花满地，树上鸟凄腔。

情丝万缕何所寄

情丝万缕叹无双，爱恨千层泪一缸。
夜伴孤灯何所寄，蟾光有意绕明窗。

小院有春

风吹绿竹拂南窗，乱我诗心思酒缸。
小院无花蜂蝶少，归来旧燕两三双。

秋夜有风（中华通韵）

明月映寒霜，秋风入冷窗。
翻开诗稿后，笑我未成章。

诗词狂客

爱恋诗词学宋唐，三杯老酒近癫狂。
吟魂醉魄何须客，室内幽兰独自芳。

残　春

繁花落尽感凄凉，欲赋新诗先自伤。
数朵红芳春似在，多情总是扰人肠。

小院情趣

蛱蝶堂前舞，歌飘燕子梁。
三餐无美味，月季送芳香。

晚春伤怀

春尽残花落，飘飞向晚阳。

多情应笑我，总是泪千行。

半痴半醉半癫狂

半痴半醉半癫狂，爱恋诗词爱酒觞。

无意无心无肺腑，有朋有客有情商。

人来人往人常在，花落花开花自香。

月月年年皆四季，春风夏雨到秋霜。

秋晨临山寺

山寺响晨钟，黎明惊鸟踪。

风清知露冷，雾淡觉霜浓。

怪石临深涧，奇亭近老松。

高崖飘细瀑，碧水映花容。

秋夜赋诗

西天明月已无踪，欲赋新诗意万重。
落叶敲窗时扰梦，孤灯相伴五更钟。

秋夜偶得

暮霭深沉夜露浓，天寒鸟雀已无踪。
风声萧瑟听新竹，月色朦胧看老松。
雾起树梢披锦缎，烟生水面过游龙。
人知美景迷人眼，谁料诗词在笔锋。